Kate Calloway
Zweite Geige

Kate Calloway

Zweite Geige

Offensive Krimi

aus dem amerikanischen Englisch
von Elisabeth Brock

Frauenoffensive

1. Auflage, 1997
© Naiad Press, 1997
Originaltitel: Second Fiddle
© deutsche Übersetzung: Verlag Frauenoffensive
(Knollerstr. 3, 80802 München)

ISBN 3-88104-299-7

Druck: Clausen & Bosse, Leck
Umschlaggestaltung: Erasmi & Stein, München

Dies Buch ist gedruckt auf Papier aus chlorfrei gebleichtem Zellstoff.

Die Personen

Cassidy James	Privatdetektivin
Towne Meyers	Wirtschaftsprüfer
Rick Parker	Maler
Martha Harper	Polizistin
Tom Booker	Sheriff
Tommy Green	Tankwart
Robert Love	Pastor
Herman Hugh Pittman	Buchhalter
Jess Martin	Gelegenheitsarbeiter
Jessie	seine Tochter
Lizzie Thompson	Barfrau
Erica Trinidad	Schriftstellerin
Maggie Carradine	Psychotherapeutin

1

Es goß in Strömen. Der Regen klatschte prasselnd gegen die Fensterscheiben. Douglasfichten und Zedern bogen sich im Wind, der See, sonst spiegelglatt, trug schaumgekrönte Wellen. Ich legte noch einen Scheit ins Feuer. Selbst meine Katzen, Panic und Gammon, hatten sich vor dem tobenden Sturm schutzsuchend zurückgezogen und lagen zu einem einzigen gefleckten Fellknäuel zusammengerollt vor dem Kamin. Der See war fast einen Meter gestiegen, und noch gab es keinerlei Anzeichen für ein Nachlassen des Regens. Meine Speisekammer war glücklicherweise gut bestückt – es bestand keine Gefahr zu verhungern. Allerdings würde ich wohl an purer Langeweile sterben, wenn ich nicht bald wieder nach draußen konnte. Es war fast schon Juni, und ich hatte Lust auf Sommer.

Durch die regentrüben Scheiben erkannte ich die Umrisse eines herannahenden Boots. Neugierig beobachtete ich, wie es sich durch die Wellen kämpfte. Nach mehreren vergeblichen Anläufen legte das rote Kabinenboot an meinem Steg an. Ich kannte weder das Boot noch die beiden Männer in gelbem Regenzeug, die sich abmühten, das Boot an den Eisenringen meiner Anlegestelle festzumachen. Durch das Fernglas sah ich, wie sie zu meinem Haus hinaufspähten. Als sie sich anschickten, den Weg heraufzusteigen, holte ich dann doch meine Pistole, die neben der Handtasche im Garderobenschrank hing.

Ich trage die Pistole etwa so häufig wie meine Handtasche, das heißt fast nie. Im Grunde bin ich keine Schwarzseherin, aber der Anblick zweier fremder Männer, die auf mein im Wald verstecktes Haus zukamen, in dem ich allein lebe, ohne Straßenanbindung, machte mich ein wenig nervös. Die Tatsache, daß wir uns mitten in einem Sturm befanden und die Telefonverbindung bereits unterbrochen war, brachte mich auf den Gedanken, nachzusehen, ob das Ding geladen war. Es war.

„Kann ich Ihnen helfen?" fragte ich und öffnete die Glasschiebetür nur so weit daß ich meinen Kopf hinausstecken konnte. Meine rechte Hand umklammerte den Griff der Smith & Wesson .38, knapp außer Sichtweite.

„Wir möchten zu Cassidy James, der Privatdetektivin", rief der größere von beiden. Sie waren triefend naß, trotz ihrer Regenkleidung, und sahen aus der Nähe ziemlich harmlos aus. Trotzdem, man konnte nie wissen.

„Und wer sind Sie?" fragte ich und sah sie prüfend an. Der größere war so um die vierzig, der andere, der vor Kälte zitterte, schien etwas jünger zu sein.

„Wir wohnen hier am See", sagte der Große. „Drüben in Cedar Ridge. Wir brauchen Ihre Hilfe."

Wer sagt, er braucht mich, hat bei mir leichtes Spiel. Sicher, ich kannte sie nicht, sie hätten auch kaltblütige Mörder sein können, doch der Hinweis, sie bräuchten meine Hilfe, genügte, ich riß die Tür auf und ließ sie herein.

„Danke", sagte der Jüngere und trat in den Flur. „Ich fürchtete schon, Sie würden uns nicht hereinlassen. Ist das ein Revolver?" Seine Augen weiteten sich vor Schreck.

„Na ja, nur für den Fall", sagte ich und kam mir lächerlich vor. Jetzt, als ich ihre Gesichter sah, war ich sicher, daß sie mir nichts Böses wollten. Ich schob den Revolver in die Schrankschublade und zeigte ihnen, wo sie ihre nassen Mäntel aufhängen konnten.

Der Größere strich sich das Haar zurück und lächelte warm. „Ich bin Towne Meyers", sagte er und reichte mir die Hand. „Und das ist Rick." Ich schüttelte ihnen die Hände und stellte zufrieden fest, daß beide einen angenehmen Händedruck hatten. Nicht diesen Schraubstockgriff, den manche Männer meinen haben zu müssen, aber auch nicht diesen Labbergriff, der sich anfühlt wie toter Fisch. Ich schmeichle mir, aus der Art, wie jemand die Hand gibt, viel über einen Typ sagen zu können. Manchmal habe ich recht.

„Entschuldigen Sie, daß wir so hereinplatzen, aber die Telefonleitung ist unterbrochen, und wir müssen Sie unbedingt sofort sprechen. Wir haben Sie mit Hilfe des Telefonbuchs ausfindig gemacht. Sie sind doch Privatdetektivin, nicht wahr?" Rick sprach sehr schnell, seine weiche Stimme klang besorgt.

„Ja, stimmt", antwortete ich. „Kommen Sie doch herein, meine Herren, und wärmen Sie sich am Feuer. Ich setze Wasser auf, und dann können Sie mir alles erzählen. Sie sehen aus, als könnten Sie etwas Heißes gebrauchen."

Sie folgten mir in den Wohnbereich, der aus einem einzigen großen Raum besteht. Küche, Eßzimmer und Wohnzimmer gehen ineinander über. Es gibt keine trennenden Wände, was das Gespräch erleichtert. Ich füllte den Kupferkessel am Wasserhahn und nahm drei Tassen vom Bord. „Tee oder Kaffee?" fragte ich. „Oder was Stärkeres?"

Als ich mich umdrehte, sah ich, daß Rick bei den Katzen kniete und sie wachsstreichelte.

„O Gott!" sagte er. „Die sind ja zu süß. Ich mag sie. Was ist es für eine Rasse?"

„Ihr Vater war ein Bengale und ihre Mutter eine ägyptische Mau", antwortete ich. „Sie wurden wegen ihrer Flecken gezüchtet. Die rundliche ist Gammon. Panic ist die mit dem lauten Schnurren. Meist rennen sie herum und verwüsten das Haus. Heute haben sie sich vor dem Sturm versteckt."

Rick hob Panic auf seine Schulter und streichelte ihren langen seidigen Schwanz. Ich hörte ihr Schnurren quer durch den Raum.

„O je", sagte Towne und spielte mit seinem Schnäuzer. „Jetzt will er auch eine."

„Faß mal ihr Fell an", befahl Rick und drehte Towne die Schulter zu, damit er Panics Rücken streicheln konnte. „Hast du je etwas so Wunderbares gefühlt?"

„Sehen Sie?" sagte Towne lachend zu mir. „Ich wußte es. Ich hoffe nur, daß Sie keine Kuh haben. Sonst will er gleich auch eine."

Rick zog eine Schnute und kam in die Küche. „Für mich bitte Tee, und wenn Sie es schon anbieten, mit einem kleinen Schuß drin. Brandy vielleicht? Oder Whiskey. Was halt da ist. Es ist nicht nur wegen der Kälte, die ganze Geschichte macht mich furchtbar nervös."

Ich suchte im Schrank und fand eine Flasche Jim Beam. „Sie auch?" fragte ich Towne.

„Oh, warum nicht?" sagte er. „Ich habe mir heute frei genommen. Eigentlich trinke ich vor fünf Uhr nichts, aber es war kein normaler Tag – keine normale Woche, eigentlich. Nur einen Schuß."

Ich goß einen Schuß in alle drei Tassen, drückte ein paar Tropfen Zitrone hinein, füllte mit kochendem Wasser auf und ließ die Teebeutel darin ziehen, bis der Tee schön dunkelbraun war. Während wir warteten, beobachtete ich die beiden Männer, die hin und her gingen und sich ungeniert bei mir umsahen.

Towne war der größere von beiden, mit dem Körper eines Gewichthebers und einem von Jugendakne verwüsteten Gesicht. Seine Augen waren warm und intelligent; ein schiefes Lächeln verlieh seinem Gesicht Reiz.

Rick war das Gegenteil von Towne: schlank, fast zerbrechlich, mit heller Haut, sandblondem Haar und blauen Augen. Wenn er nicht so hübsch gewesen wäre, hätte er mein Zwillingsbruder sein können. Seine Augen sprühten, sein Lächeln steckte an. Er ging in meinem Wohnzimmer umher, fühlte sich bereits ganz zu Hause und freute sich wie ein Kind an allen Details. Panic war offensichtlich hingerissen von ihm, und sogar Gammon heftete sich an seine Fersen, bis er sie auf seine Schulter hob. Meinen eigenen Instinkten traue ich nicht immer, aber eine Katze hat sich noch nie geirrt.

Ich reichte den Männern die Tassen und setzte mich in meinen Lieblingsschaukelstuhl. Sie ließen sich auf der Couch nieder, die Katzen kuschelten sich in Ricks Schoß. Ich fühlte mich wie in einer großen glücklichen Familie, obwohl ich die Männer gar nicht kannte und nicht wußte, was sie wollten. Der Regen schlug immer noch gegen die Fenster, und das Feuer knisterte gemütlich. Ich wartete, einer würde wohl das Wort ergreifen, und schließlich stieß Towne hervor: „Wir werden erpreßt."

„Aha."

„Wir haben keine Ahnung, wer es ist", fügte Rick hinzu. „Es muß jemand aus dem Ort sein. Dabei waren wir so vorsichtig!"

„Rick will damit sagen", unterbrach Towne, „daß wir sehr darauf geachtet haben, unsere Beziehung geheim zu halten. Unsere Art zu leben könnte bei manchen Leuten Stirnrunzeln hervorrufen, besonders an einem Ort wie Cedar Hills. Und jetzt gibt es jemand, der nicht nur Bescheid weiß, sondern uns öffentlich bloßstellen will."

„Towne will damit sagen", imitierte Rick seinen Freund mit gequältem Lächeln, „daß wir schwul sind. Ich hoffe, Sie sind nicht schockiert. Ich weiß, daß es Leute gibt, die es mit Schwulen nicht in einem Raum aushalten. Angst vor Ansteckung oder so. Aber Sie sind nicht so, oder?"

Ich lachte über ihre besorgten Gesichter. „Bei mir haben Sie nichts zu befürchten", sagte ich und fügte hinzu: „Ich bin lesbisch."

Der Ausdruck von Erleichterung und Überraschung auf ihren Gesichtern war fast komisch.

„Gottseidank", sagte Towne und nahm einen kleinen Schluck Tee. „Wenigstens brauchen wir um dieses Thema nicht herumzureden."

„Ist das zu glauben?" sagte Rick, sichtlich erfreut. „Der einzige Privatdetektiv im Telefonbuch ist eine von uns."

„Erzählen Sie mir von der Erpressung", sagte ich und lächelte über ihre Reaktionen, „und zwar von Anfang an."

Da fingen beide an zu erzählen und unterbrachen sich dabei laufend, was aber keinen zu stören schien. Es hörte sich an wie ein Duett, wobei Melodie und Begleitung nicht immer zu unterscheiden waren.

Towne arbeitete als Wirtschaftsprüfer in Kings Harbor, zehn Meilen südlich von Cedar Hills. Rick war ein ziemlich erfolgreicher Künstler. Sie waren seit siebzehn Jahren zusammen, ein kleines Wunder bei schwulen Männern in den Neunzigern. Schon daß sie beide noch lebten, war ein Wunder. Ihre Monogamie hatte vielleicht nicht nur ihre Beziehung gerettet, sondern auch ihr Leben.

Vor zwei Jahren hatten sie genug Geld gespart, um sich ihr Haus am See zu kaufen. Das Haus hatte Townes Onkel gehört. Er hatte bessere Angebote ausgeschlagen, weil er es in der Familie halten wollte. Rick und Towne hatten auch noch ein Haus in Kings Harbor, und in der Regenzeit blieben sie manchmal in der Stadt, aber wann immer möglich, lebten sie am See.

Vor einer Woche hatten sie einen Drohbrief bekommen. Rick hatte am Dock die Post abgeholt und zwischen den Rechnungen einen Umschlag gefunden, der an die „Perversen" adressiert war. Mit bösen Vorahnungen öffnete er den Umschlag und las den Brief.

„Ich habe ihn dabei, wenn Sie ihn lesen möchten", sagte er und gab mir ein maschinengeschriebenes Blatt.

Ich stellte fest, daß er mit einem Textverarbeitungsprogramm geschrieben war, das sicher wenige in Cedar Hills besaßen. Andererseits hatte sich die Stadtbücherei vor kurzem ein paar Macintosh-Computer gekauft, und zu denen hatten alle Leute Zugang.

Die Botschaft war kurz und bündig: „Raus aus der Stadt. Sofort. Wenn wir mit Schwulen leben wollten, würden wir nach San Francisco ziehen. Wartet nicht, bis es unangenehm wird. Ich bin sicher, daß sich Dein Chef beim MacIntyre Accounting Service sehr für ein paar Geschichten interessiert, die ich ihm erzählen könnte. Und es wäre doch schade, wenn den hübschen kleinen Bildern etwas passieren würde, die ihr warmen Brüder malt. Muß ich noch deutlicher werden? Haut ab!"

Der Brief war nicht unterschrieben.

„Sie sagen, er war in Ihrem Briefkasten. Er trägt aber weder Briefmarke noch Adresse." Ich drehte den Brief um. Da waren keine Flecken oder Kleckse.

„Ich glaube, wir können mit Sicherheit annehmen, daß jemand zu unserem Bootsanleger gefahren ist und den Brief in unseren Kasten gesteckt hat. Wir bekommen unsere Post per Boot, wie alle, die keine Straßenanbindung haben", sagte Towne. „Es muß jemand sein, der in der Nähe wohnt, aber das ist ja das Verwirrende. In der Stadt kennt uns kein Mensch. Wir kaufen in Kings Harbor ein und gehen dort auch zur Bank. Nicht mal Gus Townsend, der Marinabesitzer, weiß, wo ich arbeite. Wie kann jemand so viel über uns wissen, wenn uns niemand richtig kennt?" Seine intelligenten Augen blickten besorgt, er trank einen großen Schluck von seinem Tee.

„Wir achten sehr darauf, niemanden zu schockieren", sagte Rick und rührte mit dem Finger die Zitronenscheibe in seiner Tasse. „Wir leben so gern hier draußen, weil unser Haus sehr versteckt liegt. In der Öffentlichkeit halten wir nicht Händchen oder so. Ich verstehe nicht, wie jemand überhaupt wissen kann, daß wir schwul sind oder, noch seltsamer, daß ich Maler bin. Es ist wirklich unheimlich."

Das mochte schon sein, aber so schnell wie sich der Klatsch in Cedar Hills verbreitete, war es gut denkbar, daß die ganze Stadt davon wußte, wenn auch nur eine Person informiert war.

Draußen stürmte es weiter, ich machte Notizen und fragte, was irgendwie nützlich sein konnte, aber es kam nicht viel dabei heraus. Außer dem Brief hatten sie auch noch zwei Anrufe bekommen, den letzten heute morgen, kurz bevor der Strom ausfiel. Beide Male war die Botschaft einfach. „Raus aus der Stadt, Schwule", hatte die Stimme geraten. Eine männliche Stimme, aber sonst unauffällig. Sie hatten schon vor diesem Anruf davon gesprochen, zur Polizei zu gehen, dann aber beschlossen, einen Privatdetektiv zu beauftragen.

Ich war von diesen beiden Männern vollkommen hingerissen. Towne schien so stark und vernünftig, und Rick war lustig und sensibel. Sie ergänzten sich prächtig und waren wirklich ein gutes Paar. Leider gab es in Cedar Hills jemand, der es nicht so sah.

„Hat Sie jemand verfolgt? Ist Ihnen ein Auto oder ein Boot aufgefallen?"

„Sie können uns glauben, seit wir den Brief bekommen haben, sind wir wirklich mißtrauisch", sagte Towne. „Keinem von uns kam etwas seltsam vor."

„Haben Sie daran gedacht, die Nummer zu wechseln?"

„Wozu?" fragte Rick. „Dann schicken sie eben noch einen Brief. Oder schlimmer noch, machen einen Besuch." Da hatte er nicht ganz unrecht.

„Mir fällt auf", sagte ich, „daß sie kein Geld wollen. Und im Brief steht ‚wir', so daß ich annehme, daß mehr als eine Person dahinter steckt. Erpressungen werden meist wegen Geld gemacht. Doch wer immer es ist, fragt nicht nach Geld, um Ihr Geheimnis zu wahren. Sie wollen nur, daß Sie die Stadt verlassen. Das ist eigenartig, weil Sie, wie Sie sagen, fast nie zusammen gesehen werden. Ich glaube, wir kommen der Sache auf den Grund, wenn wir herausfinden, warum sie wollen, daß Sie gehen."

Ich verschwieg ihnen, daß ich nicht die geringste Ahnung hatte, wo anfangen. Trotzdem war ich nicht allzu beunruhigt, weil mir solche Sachen zu unmöglichen Zeiten einfielen, unter der Dusche zum Beispiel oder beim Kochen. Im letzten Jahr hatte ich gelernt, meinen Instinkten zu vertrauen und nicht in Panik zu geraten, wenn keine da waren. Wenn ich anfing, herumzuschnüffeln, würden sich die Dinge schon klären, sagte ich mir und lächelte sie beruhigend an, um meine Unsicherheit zu verbergen.

Ich würde einen Kostenvoranschlag und so etwas wie einen Plan machen und mich dann morgen mit Rick in ihrem Haus treffen. Der Regen hatte endlich nachgelassen, und drüben im Westen, direkt über Cedar Hills Ridge, waren zwischen den stahlgrauen Wolken ein paar grünblaue Flecken zu sehen. Rick nahm das als gutes Omen.

„Schaut her!" sagte er, als sie ihre Mäntel holten. „Es wird heller. Ich fühle mich jetzt schon besser. Ich bin so froh, daß wir uns für eine Privatdetektivin entschieden haben, und besonders über Sie. Seit einer Woche fühle ich mich zum erstenmal richtig gut."

„Es ist vielleicht nur der Whiskey", neckte Towne.

Obwohl ich sie eben erst kennengelernt hatte, hatte ich das Gefühl, die beiden schon ewig zu kennen. Und was mich noch mehr überraschte, war, daß ich sie mochte. Ich neige dazu, mit der Bezeichnung Freund oder Freundin ziemlich wählerisch zu sein, aber bei Rick und Towne hatte ich sofort ein gutes Gefühl.

Ich zog meine Regenjacke an, begleitete sie zum Steg und half ihnen beim Ablegen. Es nieselte nur noch, aber der Wind war immer noch heftig und kalt. Ich zog die Jacke enger um mich und sah ihrem roten Boot nach, wie es sich durch das kabbelige Wasser kämpfte, die Bucht durchquerte und verschwand.

Zurück im Haus legte ich einen Scheit ins Feuer. Es war wohl nicht zu früh für ein Glas Wein. Ich hatte noch ein paar Flaschen von dem guten Pinot Gris aus Oregon, den ich entdeckt hatte, und neue Klienten waren ein Grund zum Feiern, sagte ich mir. Um ehrlich zu sein, begeisterte mich die Aussicht auf zwei neue Freunde mehr als der Fall selbst. Ich saß am Feuer und genoß in Gesellschaft von Panic und Gammon meinen Wein.

Ich besaß erst seit weniger als einem Jahr eine Lizenz als Detektivin, aber nachdem ich meinen ersten Fall gelöst hatte, schienen alle zu wissen, wer ich bin und wie ich meinen Lebensunterhalt verdiene. Ich hatte den ganzen Winter zu tun gehabt, was mich wirklich überraschte. Einige meiner Klienten waren reiche Besitzer von Häusern am See, am Rande der Ehescheidung, andere waren relativ arme Städter. Ich hatte zwei volle Wochen damit zugebracht, einen Mann zu beobachten, dessen Frau überzeugt war, daß er sie betrog, nur um festzustellen, daß er eine Hütte am See baute und sie damit überraschen wollte. Ich hatte geholfen, einen Teenager ausfindig zu machen, der von zu Hause weggelaufen war und es bis nach Gold Beach geschafft hatte, und vor kurzem hatte ich herausgefunden, wer in McGregors Supermarkt das Kleingeld aus der Kasse stibitzte. Die meisten Einheimischen bezahlten mich mit Dienstleistungen, und das war mir ganz recht, weil ich, dank einer großzügigen Versicherungsregelung, nach dem Tod meiner Lebensgefährtin finanziell ganz gut gestellt bin. Manchmal war mir das Tauschsystem sogar lieber. Auf diese Weise hatte ich meine Anlegestelle und das Bootsdeck mit Hochdruckreiniger geputzt und genug Kaminholz für den nächsten Winter gehackt bekommen. Außerdem wußte ich, daß ich nur dank dieses Systems überhaupt Aufträge bekam. Die Klienten kamen durch Mundpropaganda zu mir, und ab und zu fand mich jemand in den Gelben Seiten, wie Rick und Towne.

Es war alles in allem eine zufriedenstellende Art, Geld

zu verdienen, und würde ich mich nicht nach der Frau meiner Träume verzehren, die den Winter und nun auch das Frühjahr in Südkalifornien verbrachte, wäre es ein gutes Jahr gewesen.

Wie immer, wenn ich an Erica dachte, tat mir das Herz weh. Erica Trinidad war eine der schönsten Frauen, die ich je gekannt hatte. Sie hatte Gefühle in mir erweckt, die ich seit dem Tod meiner Geliebten vor drei Jahren längst für abgestorben gehalten hatte. Daß Erica eine so tiefe Leidenschaft in mir auslösen konnte, erschreckte und entzückte mich. Vom ersten Kuß an liebten wir uns intensiv und leidenschaftlich. Eben als ich dachte, wieder eine Lebensgefährtin gefunden zu haben, entschlüpfte sie.

„An dieser Sache muß ich einfach dranbleiben, Cass", hatte sie mir an jenem Morgen gesagt, ihre durchdringend blauen Augen leuchteten vor Aufregung. „Ein Roman von mir im Fernsehen! Und sie will, daß ich am Drehbuch mitschreibe. Ich werde mit der wohl besten Regisseurin der Branche zusammenarbeiten. Es geht mir nicht ums Geld. Es ist die Chance, ein ganz neues Gebiet zu erobern!"

Ericas Gesicht war noch schöner als sonst, als sie endlos über ihre neuen Karriereaussichten redete. Ich saß am Küchentisch, nickte, lächelte, lauschte und wartete, bis sie mich endlich bitten würde, mitzukommen. Neun Monate später wartete ich noch immer.

Anfangs hatte sie mich regelmäßig angerufen, wir schmiedeten Pläne für ein Wiedersehen. Sie lud mich aber nie direkt ein, und die Anrufe wurden seltener. Und wenn sie dann anrief, gab es nicht viel zu sagen. Es war einfach so, daß wir die meiste Zeit, die wir zusammen gewesen waren, im Bett verbracht hatten. Wir hatten nicht genug Zeit gehabt, gemeinsame Erfahrungen anzusammeln.

Die gemeinsam gemachten Erfahrungen waren es aber, die mich zum Wahnsinn trieben. Nachdem es mir gelungen war, nach Dianas Tod jegliches sexuelle Gefühl zu unterdrücken, war ich vollkommen überrascht von der Art, wie mein Körper auf Erica reagierte. Sie war in mein Leben getanzt, hatte ein loderndes Feuer entfacht und mich dann verlassen. Mit der Glut mußte ich allein fertigwerden. Sie war etwas schwächer geworden, aber ich fürchtete, die leichteste Brise würde sie sofort wieder entfachen. Ich war eine wandelnde sexuelle Zeitbombe. Ich hatte nur Sex im Kopf. Gib's zu, sagte ich mir, als ich mir noch ein Glas einschenkte, du bist einfach geil.

Als gegen halb sieben das Telefon klingelte, rannte ich zum Apparat. Ich hatte seit Wochen nichts von Erica gehört, aber um diese Zeit rief sie manchmal an. Ich versuchte meine Enttäuschung zu verbergen, als die Stimme meiner besten Freundin an mein Ohr drang.

„Wird aber auch Zeit, Cass. Ich probiere es seit Stunden. Was ist passiert? Hast du vergessen, die Telefonrechnung zu bezahlen?"

„Es war der Sturm, der ganze See war ohne Telefonverbindung, stundenlang. Sie müssen die Leitungen eben erst repariert haben. Der Sturm scheint auch abzuflauen. Was gibt's?"

Marthas Stimme war voll und warm, unter der Oberfläche war immer ein Lachen zu ahnen. Für einen Cop hatte sie einen bemerkenswerten Sinn für Humor. Sie konnte bei Bedarf ganz schön hart sein, aber tief in ihrem Innern war sie ein Kuschelbär.

„Ich suche noch eine vierte Frau für das Fest am Samstagabend. Women on Top hat dieses festliche Abendessen mit Tanz im Regency Inn organisiert, und Cindys Begleiterin kann wegen eines familiären Notfalls nicht kommen. Sie hat die Eintrittskarten seit Monaten und möchte sie nicht verfallen lassen. Ich habe ihr gesagt, daß ich meine beste Freundin, die eine Ewigkeit nicht mehr aus dem Haus war, fragen würde, ob sie die Güte hat, den Abend mit drei wunderbaren weiblichen Wesen auf den Putz zu hauen. Wie wär's?"

„Du willst mich doch nicht schon wieder zu einem Rendezvous mit einer Unbekannten überreden, oder?" fragte ich und dachte: Genau das tut sie. Als sich Ericas Abwesenheit bis in den Frühling hinzog, hatte Martha ziemlich unverhohlen eine Kampagne gestartet und mich jeder greifbaren Lesbe an der Westküste vorgestellt. Das Lustige an der Geschichte war, daß Martha mit den meisten von ihnen selbst liiert gewesen war. Aber ich hatte ihr Bedürfnis nach vielen Eroberungen nie geteilt. Ich hatte eine perfekte Beziehung gehabt. Das war mehr, als die meisten Leute je bekommen. Als ich Erica traf, dachte ich, vielleicht gibt es eine zweite Chance. Jetzt war ich mir nicht mehr so sicher.

Martha lachte. „Nein, ich schwöre es, Cass. Cindy ist nicht mehr frei. Diesmal ist es kein Arrangement. Ehrlich. Wir möchten nur gern deine Gesellschaft. Du kannst mit deinem Auto fahren und gehen, wann du willst. Na, wie wär's?"

Martha war schwer zu widerstehen.

„Um wieviel Uhr?" fragte ich und fing an, mich innerlich mit dem Gedanken anzufreunden. Es war wirklich ewig her, seit ich auf den Putz gehauen hatte, wie Martha es formulierte.

„Komm gegen fünf zu mir. Wir trinken ein Glas Wein und fahren dann los. Ich habe gern einen eleganten Auftritt." Sie war sichtlich zufrieden, daß ich so schnell nachgegeben hatte. Wir schwatzten noch ein wenig, und ich erzählte ihr in groben Zügen von meinem neuen Fall. Als ich Ricks Namen erwähnte, stieg Marthas Stimme um zwei Dezibel.

„Rick Parker? Der Maler? Ich liebe seine Bilder. Meine frühere Therapeutin hatte seine Sachen in ihrem Büro hängen. Ich brauchte sie nur anzusehen, und meine tiefen dunklen Geheimnisse flossen nur so aus mir heraus. Ich würde ihn gern kennenlernen."

„Sie sind beide wirklich nett", sagte ich. „Ich denke, du wirst sie mögen. Aber ich wollte, ich hätte in bezug auf den Fall ein besseres Gefühl. Ich habe, ehrlich gesagt, nicht die leiseste Ahnung, wo ich anfangen soll."

„Oh, Cassidy, das sagst du jedesmal. Und dann findest du immer einen Anfang. Ich wette, morgen abend um diese Zeit hast du die ganze verdammte Sache gelöst."

Wie immer machte mich Marthas Lachen vergnügt und glücklich. Wir verabschiedeten uns, und ich kümmerte mich ums Abendessen. Noch mehr Wein auf leeren Magen wäre gefährlich.

Zu den besten Seiten des Alleinlebens gehört, daß du essen kannst, was und wann du willst. Ich koche gern, und ich esse gern. Daß ich nicht zunehme, grenzt an ein Wunder. Martha, die ständig mit ihrem Gewicht kämpft, würde alles für meinen Stoffwechsel geben.

Ich wühlte im Kühlschrank, bis ich fand, was ich suchte. Ich schnitt ein Baguette in sechs Scheiben, gab auf jede einen Schuß Olivenöl und belegte sie dick mit Ziegenkäse. Oben drauf setzte ich eine sonnengetrocknete Tomate, streute Basilikum auf drei Scheiben, Oregano auf die anderen. Ich schob sie in den Ofen, legte ein paar kernlose Trauben auf einen Teller und schenkte mir noch ein Glas Wein ein, während ich wartete. Ich hatte nicht alle wichtigen Nahrungsmittelkategorien abgedeckt, aber egal. Ich war eine einunddreißigjährige lesbische Privatdetektivin und konnte essen, was ich wollte.

2

Die ganze Nacht über hatte der Sturm den Regen gegen mein Schlafzimmerfenster gedrückt, aber am Freitagmorgen war der Himmel strahlend blau, die Sonne schien. Ich war seit einer Woche nicht mehr richtig gelaufen und hatte das Trainingsfahrrad in meinem Haus als einzige Bewegungsmöglichkeit gründlich satt.

Ich zog einen „Stadtpullover" über, wie ich zu sagen pflege, im Unterschied zu „Gartenarbeitspullovern" oder „Freizeit-im-Haus-Pullovern". Im Schrank hängen natürlich genügend Sachen zur Auswahl, doch eines der Vorrechte selbständiger Arbeit ist, daß du anziehen kannst, was dir paßt. Es gab heute niemand, die oder den ich beeindrucken wollte, deshalb zog ich mich bequem an.

Gammon und Panic drängten nach draußen, ich versuchte sie zu besänftigen, indem ich eine Socke an einen Strick band und im Flur auf und ab zog – sie wollten nichts davon wissen. Ich gab jeder ein Katzenplätzchen mit Hühnerfleischgeschmack, was bei Gammon einen Schnurranfall zur Folge hatte. Als ich mich schließlich rausschlich, mußte ich ihnen den Fluchtweg abschneiden.

„Ich nehme euch später mit auf eine Bootsfahrt", versprach ich. Sie reagierten, als hätten sie mich verstanden. Klar, das ist weit hergeholt, aber vielleicht lag in meiner Stimme ein vielversprechender Ton, denn als ich die Glastür hinter mir schloß, hüpften sie auf eines der breiten Fensterbretter und putzten sich in der Sonne.

Ich brauchte etwa zehn Minuten, um die Bootsplane aus Segeltuch zu entfernen, sie ordentlich zu falten und unter den Sitzen zu verstauen. Mein Boot ist eine himmelblaue, offene Sea Swirl, genau die richtige Größe für ein Leben am See. Während der Motor warmlief, betrachtete ich die Blumentöpfe, die am Ende meines Steges aufgereiht standen. Die meisten Begonien und Geranien hatten den Winter überlebt, und die anderen hatte ich im April ersetzt. Der Sturm hatte ihnen ziemlich zugesetzt, und ich machte mir Sorgen um die zarten Knospen. Ein paar Sonnentage würden sie vielleicht retten, dachte ich.

Die Fahrt in die Stadt dauert etwa zehn Minuten, außer ich lasse mir Zeit und tuckere um die Insel herum am Ufer entlang. Aber an diesem Morgen, als die frühe Morgensonne auf mich herunterbrannte, hatte ich Lust, über das Wasser zu jagen, die Gischt zu spüren und die Geschwindigkeit zu genießen. Ich kam an ein paar Fischern vorbei und achtete darauf, ihre Boote weiträumig zu umfahren, um sie nicht mit meiner Bugwelle zu überschwemmen. Sie winkten mir dankend zu, ich winkte zurück und fühlte mich lächerlich jung und glücklich dabei.

Der Hafen von Cedar Hills liegt an der Verbindung von Rainbow Lake und Rainbow Creek, der sich eine Meile westlich des Ozeans hinzieht. Der Creek ist voller Forellen und Lachse, und als es noch erlaubt war, sie zu fischen, kamen die Leute von weither angereist, wenn die Lachse sprangen. Der Rückgang der Lachsbestände in letzter Zeit führte zu einem zeitlich begrenzten Angelverbot, aber trotzdem sah ich jedesmal, wenn ich den Creek entlangfuhr, Angler an den Ufern versteckt, die wegen der Spannung, einen der majestätischen Riesen am Haken zu haben, dem Gesetz ein Schnippchen schlugen.

An diesem Morgen, als ich mein Boot zu einem freien Anlegeplatz lenkte, bemerkte ich Tommy, den Hafenangestellten, der sein Glück vom letzten Steg aus versuchte. Technisch gesehen war er immer noch am See, aber die Angel warf er nah genug am Creek aus, daß er es mit Sheriff Booker zu tun bekäme, wenn der ihn erwischte. Ich mag Sheriff Booker sehr, wir haben mehrmals zusammengearbeitet. Ich habe ihn nur einmal wirklich wütend erlebt, das war, als jemand die Angelgesetze nicht einhielt. Booker mochte Tommy, aber das würde ihn nicht davon abhalten, ihn kräftig in die Mangel zu nehmen, wenn er ihn dabei erwischte, wie er einen Lachs aus der Mündung des Creeks zog. Ich winkte Tommy zu, der seine Angelrute leicht schuldbewußt niederlegte und herbeihüpfte.

„He, Cassidy. Hab' dich ewig nicht mehr gesehen", sagte er, und sein Koboldgesicht verzog sich zu einem Grinsen. Er war ein kluges Kerlchen, klein und drahtig, aber für seine Größe überraschend stark. Er wippte vornübergebeugt auf den Fußballen, und wenn er lächelte, war sein ganzes Gesicht davon betroffen. Seine strahlend blauen Augen waren klein und voller Schalk – er erinnerte mich an die sprichwörtliche Katze, die eben ihren ersten Kanarienvogel verspeist hat.

„Wie geht's, Tommy?" Ich kletterte aus dem Boot. „Willst du das Schicksal herausfordern, indem du Fische aus dem Creek klaust? Gut, daß ich dich erwischt habe und nicht Sheriff Booker. Ich glaube, dem letzten Typen hat er fünfhundert Dollar aufgebrummt." Dies Detail hatte ich frei erfunden, aber Tommys Augen weiteten sich, und sein rosiges Gesicht wurde dunkelrot.

„Nein, Cass, ich habe nicht gefischt. Ich habe nur mit meinem neuen Barschköder geübt. Er ist eine Schönheit. Ich habe ihn Jess Martin letzte Woche beim Pokern abgenommen. Wir hatten kein Geld mehr und fingen an, alles Mögliche zu verwetten. So bin ich auch an einen fast unbenutzten Golfschläger gekommen. Ich muß diesen Sommer Golfspielen lernen. Willst du mir Unterricht geben?"

Hin und wieder rückte Tommy mit etwas heraus, das einer Anmache gefährlich nahe kam, und hinterher sah er immer so unglücklich und verlegen aus, daß ich ihn vorsichtig behandelte. Ich war in Cedar Hills nicht öffentlich als Lesbe bekannt, aber Sheriff Booker und mein Freund Jess Martin wußten Bescheid, und ich war mir ziemlich sicher, daß außer diesen beiden die halbe Stadt informiert war.

So etwas wie ein Geheimnis gab es nicht in Cedar Hills, aber vielleicht war dieses bestimmte Geheimnis eins, über das die Leute nicht sprechen wollten. Obwohl ich mir ziemlich sicher war, daß Tommy es wußte, war ich entschlossen, jede romantische Illusion, die er hegen mochte, zu verhindern.

„Tut mir leid, das ist vorbei, Tommy. Ich hab' genug vom Unterrichten, seit ich vor Jahren an einer Highschool war." Ich wollte bewußt älter klingen, und zum hundertstenmal fragte ich mich, wie alt der kleine Tommy war. So zwischen achtzehn und fünfundzwanzig, vermutete ich, aber in den vier Jahren, seit ich am See lebte, hatte er sich nicht im Geringsten verändert, er konnte leicht auch jünger sein. An seinem Gesichtsausdruck sah ich, daß ich ihn verletzt hatte. „Hast du Jess überhaupt noch irgend etwas von seinen Sachen gelassen?" fragte ich, um die Stimmung aufzulockern.

„Aber ja doch", sagte er und grinste wieder. „Er ist jetzt stolzer Besitzer eines alten kaputten Seegrashäckslers, den ich vor etwa einem Monat aus dem Abfall gezogen habe. Ich weiß gar nicht, warum ich ihn genommen habe, aber du hättest sehen sollen, wie Jess strahlte, als ich ihn einsetzte. Als hätte er in der Lotterie gewonnen. Wahrscheinlich wird er ihn reparieren. Jess repariert ja alles!"

„Ja, vielleicht", sagte ich und ging die Rampe zur Straße hinauf. Ich winkte ihm zum Abschied und wünschte, ich wäre offener gewesen mit ihm. Ich mochte es nicht, daß ich Angst hatte, mich offen zu zeigen. Es gibt eine Menge schwulenfeindlicher Wirrköpfe, und das Problem ist, daß du nicht weißt, wer dazugehört, bis sie dich anmachen. Ich dachte an Rick und Towne und fragte mich wieder, wer so gehässig sein möchte, ihnen mit Bloßstellung zu drohen, wenn sie die Stadt nicht verließen. Es scheint einfach zu glatt, dachte ich. Da mußte mehr dahinterstecken, und ich war entschlossen, herauszufinden, was es war.

Cedar Hills liegt am Rand des Rainbow Lake, mit netten kleinen Häuschen an baumgesäumten Straßen. Es ist keine reiche Stadt, obwohl sie in ihrer Blütezeit, als die Bahn das Haupttransportmittel darstellte und die Forstwirtschaft die Riesenzedern und Douglasfichten noch nicht abgeholzt hatte, ein blühender Ferienort gewesen war. Die Ersatzpflanzungen – Föhre, Zeder und Erle – waren alle angewachsen, sind aber nur ein Drittel so groß wie ihre Vorgänger. Während der Angelsaison kommen immer noch genügend Touristen in die Stadt, aber die

Leute, die immer hier wohnen, sind größtenteils Stadtflüchtlinge, die mehr daran interessiert sind, friedlich in schöner Landschaft zu leben, als viel herumzufahren.

Die Häuser am See gehören reicheren Stadtmenschen, die im Sommer von überallher kommen. Die Einheimischen tolerieren die Seehausbesitzer wegen des Umsatzes, den sie bringen, halten aber eher auf Distanz. Ich war eine von diesem reichen Stadtvolk, die sich ein Stück des Paradieses gekauft hatte, aber im Gegensatz zu anderen lebte und arbeitete ich das ganze Jahr über hier, was mir den Ehrenstatus einer echten Oregonianerin verschaffte. Nicht daß irgend jemand vergaß, daß ich aus Südkalifornien kam. Aber sie rieben es mir nicht so oft unter die Nase, wie es möglich gewesen wäre, und mit jedem Winter, den ich hier verbrachte, schienen sie mir mehr Respekt entgegenzubringen.

Seit ich mich als Privatdetektivin betätigte, mußte ich meinen Rundgang durch die Stadt verändern. Ich konnte nicht mehr Straße für Straße entlangschlendern und mich an den wechselnden Ausblicken erfreuen. Zu viele Leute hielten mich an, um ein wenig zu schwatzen, in der Hoffnung, ein bißchen Klatsch aufzuschnappen, und so kam ich nie ordentlich ins Schwitzen. Meine neue Route führte mich durch die Main Street, das war nicht zu vermeiden, doch gleich hinter Jess Martins Haus kürzte ich durch eine alte Schotterstraße ab und lief Richtung North Fork Road. Neben der Straße führt ein Pfad bis zum Eagle Lake. Dort angekommen, wechselte ich auf einen asphaltierten Radweg, der um den Eagle Lake herumführte. Eagle Lake ist der kleine Bruder des Rainbow Lake und durch einen schiffbaren Fluß mit ihm verbunden.

An diesem Morgen feierte wohl jeder Vogel im Umkreis von zehn Meilen das Ende des Sturms. Ihre Lieder füllten den Himmel, als ich zwischen den Bäumen ging und den frischen Duft des regennaßen Grüns einatmete. Zweimal störte ich ein Wild auf, das eine war ein Kitz mit hellen goldenen Flecken am Hinterteil und riesigen feuchten Augen. Wir starrten einander eine volle Minute lang an, dann hüpfte es zurück in den Wald zu seiner Mutter. Es war ein höchst belebender Spaziergang, und als ich den Weg zurück in die Stadt nahm, war ich nicht nur tüchtig ins Schwitzen gekommen, sondern auch mächtig hungrig.

In der Cedar Hills Lodge gibt es mit Abstand das beste Frühstück in der Stadt. Ich versuche, meine Besuche dort zu beschränken, weil sogar mein Stoffwechselhaushalt diese Cholesterinzufuhr nicht lange aushalten würde, aber hin und wieder kann ich einfach nicht widerstehen. Ich bat um einen Tisch draußen auf der Terrasse mit Seeblick, weil ich wußte, daß mir nach dem Spaziergang drinnen zu warm war.

Heute morgen bediente Jess Martins neueste Freundin, sie brachte mir mit der Speisekarte eine große Kanne Kaffee. Ich gab vor, die Auswahl zu studieren, wußte aber ganz genau, daß ich bestellen würde, was ich immer bestellte, und als ich das tat, erwischte ich Lilly, wie sie meine Bestellung mitsprach. Als ich lachte, wurde sie rot und lachte dann auch.

„Vorhersehbar, wie alles in dieser Stadt", sagte sie. „Würstchen oder Pastetchen?" Einen Augenblick überlegte ich, ob ich das Risiko eingehen und etwas anderes probieren sollte, aber ich mochte die Fleischpastetchen und wollte mich von Lilly verdammtnochmal nicht drängen lassen, etwas zu bestellen, was ich nicht wollte.

Als ich das sagte, lächelte sie herablassend, machte auf dem Absatz kehrt und ging nickend ins Restaurant zurück.

„Macht Ihnen Lilly das Leben schwer?" Eine rauhe Stimme in meinem Rücken ließ mich zusammenzucken. Ich sah auf und lächelte Sheriff Tom Booker an, der durch die Tür gekommen sein mußte, als Lilly reinging. Das sonnengebräunte Gesicht von weißem Haar und einem silbernen Schnäuzer umrahmt, sah er wie immer aus wie ein Cowboy im Kino. Er zog einen Stuhl heran, setzte sich und bediente sich mit Kaffee.

„Sie sagt, ich sei vorhersehbar", beklagte ich mich. „Aber ich mag nun mal Pastetchen. Warum soll ich Würstchen bestellen, wenn mir Pastetchen lieber sind?"

Booker lachte und hob die Hände in gespielter Kapitulation. „Nun, ich bin auch ein Pastetchenfan. Nicht im Traum würde ich Würstchen bestellen. Lassen Sie sich nicht von ihr beirren. Sie hat einen schlechten Tag. Sie und Jess haben wohl gestern abend Schluß gemacht, und jetzt läßt sie es an der Kundschaft aus. Übrigens, wo haben Sie denn gesteckt?"

„Sie haben sich getrennt? Schade. Ich dachte, Jess hätte endlich etwas Festes gefunden. Außerdem könnte Jessie Stabilität in ihrem Leben gebrauchen. Was ist passiert?"

„Ich glaube, Lilly möchte durchaus eine feste Beziehung. Es war Jess, der Schluß machen wollte. Er sagt, es gehe ihm alles zu schnell, er wolle die Sache etwas langsamer angehen. Ich bin der Meinung, entweder es stimmt, oder es stimmt nicht. Wenn man jemanden liebt, will man zusammensein, schlicht und einfach. Man denkt nicht mehr lange darüber nach. Jess möchte durchaus eine Frau finden, aber ich glaube, sein Herz sagt ihm, daß es Lilly nicht ist."

In dem Moment brach Lilly durch die Schwingtür, drückte sie mit der Hüfte zu und polterte zum Tisch.

„Wollen Sie etwa noch mal essen?" fragte sie Booker und knallte meine Teller auf den Tisch.

„Nein, Madam", sagte Booker. „Ich habe beim erstenmal zuviel gegessen, ich kann kaum noch laufen. Muß auf Diät gehen, wenn Sie mich weiter so füttern. Allerdings hätte ich gern Sahne für diesen Kaffee, wenn es Ihnen möglich ist." Booker war in charmanter Hochform, was Lilly aber nur mäßig besänftigte. Sie entfernte sich mit mißbilligendem Räuspern, erschien nach einer Minute mit einem silbernen Sahnekännchen und bekleckerte damit beim Hinstellen das Tischtuch. Keine Entschuldigung, kein Gruß, nichts.

Vielleicht gar nicht so schlimm, daß sie Schluß gemacht haben, dachte ich. Die kleine Jessie braucht keine übellaunige Ersatzmutter, die Wutanfälle hat.

Während ich Wurst, Eier und Brötchen in mich reinstopfte, machte mich der Sheriff mit dem neuesten Klatsch vertraut. Anscheinend fieberten alle danach herauszufinden, mit wem Buddy Drake, der Briefträger mit der Seeroute, eine Affäre hatte. Daß sich etwas abspielte, war nicht zu übersehen. Letzten Monat hatte er sich rasiert, was niemand in Cedar Hills je erlebt hatte. Jetzt war sein Gesicht zweifarbig: die Haut unter dem Bart blaß wie ein Babypopo, Nase und obere Wangen von der Sonne tief gebräunt. Und dann hatte er letzte Woche seine Baseballmütze abgenommen und nicht wieder aufgesetzt. Buddy ohne Mütze, das war wie Frühstück ohne Fleischpastetchen. Undenkbar. Dann kam der echte Knüller. Am Sonntag war Buddy Drake in die Kirche gegangen.

„Sie machen Witze!" sagte ich und verschluckte mich

an meinem Brötchen. „Kirche? Um Himmelswillen, warum denn das?"

„Nun, entweder ist die Dame seines Herzens Kirchgängerin, oder er ist in eine so schlimme Sache verwickelt, daß er Buße tun muß. Die Hälfte der Leute wird am Sonntag in der Kirche sein, nur um zu sehen, wer sonst noch da ist, und nach Buddys Schatz Ausschau halten. Der neue Pfarrer wird denken, er hat die ganze Stadt bekehrt!" Er lachte und bediente sich mit einer meiner Fleischpastetchen.

„Ich muß leider darauf hinweisen", sagte ich, „daß es niemandem gelingen wird, die Auswahl entscheidend einzugrenzen, wenn die halbe Stadt anwesend ist. Sie werden alle mit dem Finger aufeinander zeigen. Haben Sie eine Ahnung, wer die glückliche Dame sein könnte?"

„Ich nehme an, es ist jemand in seinem Postrevier, das heißt eine, die am See wohnt. Eine Einheimische ist es bestimmt nicht, sonst wüßten wir es bereits. Mir scheint, als hätte Buddy letzten Sommer, gleich nach dem Tod von Walter Trinidad, angefangen, sich feinzumachen. Dann verfiel er wieder in den alten Trott. Jetzt passiert es wieder. Ich nehme an, eine der reichen Seehausdamen ist für den Sommer zurückgekommen. Ein wenig früh allerdings. Außer sie hatte es schrecklich eilig, den guten Buddy wiederzusehen."

Wir amüsierten uns bei der Vorstellung von Buddy, knapp ein Meter sechzig groß, und einer prächtigen, reichen Witwe, die sich in ihrem Bootshaus über ihn beugt, während der Motor läuft und die Post ausgetragen werden sollte.

„Haben Sie in letzter Zeit einen interessanten Fall gehabt?" fragte er, als er schließlich aufhörte zu lachen.

Ich erzählte ihm von der Erpressung, ließ die Namen aus und die Tatsache, daß die Opfer schwul waren, aber aus.

„Wenn sie kein Geld wollen, was dann?" fragte er verwirrt. Sheriff Booker sprach gern über meine Fälle, weil sie meist interessanter waren als seine. Als kommunaler Sheriff bestand seine Hauptaufgabe darin, auf dem See für Recht und Ordnung zu sorgen. Er achtete darauf, daß die Leute nicht mit überhöhter Geschwindigkeit durch die Kanäle rasten, den See mit Abfall verschmutzten oder ohne Lizenz fischten, obwohl das offiziell Aufgabe des Wildhüters war. Aber da der Wildhüter selten so weit hinauskam und der Sheriff auf den Schutz von Flora und Fauna ganz versessen war, übernahm er es, die Fischer zu kontrollieren. Alles in allem ein gemütlicher Job, von vielen Polizisten King Harbors begehrt.

Zu mir kamen Leute mit Sachen, die sie der Polizei nicht anvertrauen wollten. Meist waren es ziemlich prosaische Dinge, verglichen mit Bookers Strafzetteln wegen Überschreitung der Geschwindigkeitsgrenzen aber geradezu abenteuerlich. Nach Jahren der Überprüfung von Bootszulassungen sehnte sich Booker nach Abwechslung und Aktion. Mein erster Fall, als eine Bande von Neonazis gewütet hatte, brachte von beidem reichlich, und Booker und ich hatten den Fall gemeinsam gelöst. Aber seitdem war es für den Sheriff ziemlich ruhig geblieben.

„Sie wollen, daß die Opfer die Stadt verlassen", sagte ich. „Das war ihre einzige Forderung."

„Warum?" fragte er. „Was haben sie davon? Und warum denken Sie, daß es mehr als ein Erpresser ist?"

„Es ist ein von Haß motiviertes Verbrechen", sagte ich. „‚Ihr schadet der Nachbarschaft‘, so in der Art. Etwas in dem Brief läßt darauf schließen, daß mehrere dahinterstecken."

„Nun", sagte er und streichelte gedankenverloren seinen silbernen Schnäuzer. „Mag durchaus sein. Wenn zum Beispiel jemand versucht, sein Haus zu verkaufen, und glaubt, die Nachbarn wären so unerwünscht, daß sie den Verkaufspreis drücken, das wäre verständlich. Ich habe aber noch nie einen Fall von Erpressung gehabt, bei dem es außer um Geld noch um etwas anderes ging."

„Vielleicht sollte ich damit anfangen, mir die Nachbarn anzuschauen", sagte ich.

„Wichtig ist, sich zu fragen, wer davon profitiert, wenn sie gehen. Außer es handelt sich wirklich um ein Haßverbrechen. Dann kann man jegliche Logik vergessen. Wie diese verrückten Kerle, die es darauf anlegten, Kalifornier zu töten. Die waren wirklich krank", sagte er und spielte noch mal auf meinen ersten Fall an. Die Leute in Cedar Hills sprachen davon, als sei es gestern gewesen, und ich wußte, daß ich ewig die Frau sein würde, die die Kaliforniermörder gefangen hatte. Und dann gab es auch welche, die dachten, ich hätte die Jungs ein bißchen zu früh erwischt. Kalifornier sind in Oregon nicht sehr beliebt.

„Nun, ich werde es nie herauskriegen, wenn ich nicht anfange." Ich schob meinen Stuhl zurück und warf einen Fünfdollarschein auf den Tisch. Vielleicht würde das Trinkgeld Lillys Laune heben.

„Sagen Sie Bescheid, wenn ich Ihnen helfen kann", sagte er. „Es war ziemlich ruhig hier. Ich könnte ein wenig Aufregung gebrauchen."

Wir gaben uns die Hand, und dann ließ ich ihn mit nachdenklichem Gesicht auf den See hinausblickend beim restlichen Kaffee sitzen.

3

Als es mir schließlich gelungen war, Panic und Gammon ins Boot zu locken, war es früher Nachmittag. Sie waren überglücklich, wieder nach draußen zu kommen, und verbrachten viel Zeit damit, auf der Wiese vor dem Haus Schmetterlingen und Bienen nachzujagen. Es war schön, sie herumtollen zu sehen, und ich beschäftigte mich mit den Blumentöpfen auf der Terrasse, wischte das Regenwasser von den Stühlen, befestigte die Windlichter, die vom Haken geweht worden waren, und machte ringsum wieder Ordnung nach dem Sturm.

Als sie schließlich in den Bug meines Bootes gehüpft waren, tuckerte ich ganz langsam über den See, damit sie auf das Wasser hinuntersehen konnten, während wir fuhren. Die Sonne war wirklich warm, eine wunderbare Abwechslung zur Kaltfront der letzten Tage, und ich hatte es nicht eilig, zu Rick und Towne hinüberzukommen.

Rainbow Lake ist ein weitläufiges Gewirr von Armen und Beinen, mit Inseln da und dort und Dutzenden von privaten Buchten und Halbinseln. Ich brauchte zwei Jahre, bis ich den See wirklich kannte, so mancher Fischer hat sich hier verirrt, besonders wenn im Frühsommer der Nebel vom Ozean hereindrängt. Jetzt, nach vier Jahren, kannte ich jede Ecke und jeden Winkel des Sees. Ich ließ mir Zeit, hielt mich nahe am Ufer und umrundete die Insel, die meinem Haus gegenüberlag, bis schließlich die riesigen Rotzedern auf dem Cedar Ridge in den Blick kamen. Sie waren die letzten Reste einer vergangenen Epoche, mächtig und stolz thronten sie über dem See. Ich steuerte direkt auf die Hügelkette zu, dann folgte ich der Halbinsel nach Süden und zählte, als ich in die bewohnte Gegend kam, die Anlegestellen.

Es sei das vierte Haus am Fuß des Hügels, hatten sie gesagt, und als ich mich der Anlegestelle näherte, sah ich den Briefkasten mit ihren Namen in stolzen Druckbuchstaben, an den Rand des Stegs genagelt. „Parker Meyers" stand darauf, was der Name eines einzelnen Mannes sein konnte oder die Familiennamen von zwei Leuten. Das Haus selbst lag, wie Rick gesagt hatte, sehr versteckt. Es stand weit vom Wasser entfernt und war von Bäumen umgeben. Vom zweiten Stock aus hätte man wohl eine Aussicht gehabt, aber es sah aus, als ließen sie die Büsche, Sträucher und Bäume absichtlich so hoch wachsen, weil ihnen die Ungestörtheit wichtiger war als die Aussicht.

Ich wies Panic und Gammon an, sich nicht zu rühren, keine Ahnung, ob sie folgen würden oder nicht, und stieg die eindrucksvolle Treppe zum Haus hinauf. Als ich die vordere Veranda erreichte, war ich völlig außer Atem. Ich drehte mich zum See um und war von der phantastischen Aussicht überrascht. Sie hatten das Beste beider Welten vereint: sehen und nicht gesehen werden. Und es war klar, daß wer immer sich von ihrem Schwulsein gestört fühlte, nicht zufällig vorbeigegondelt war und die beiden in inniger Umarmung überrascht hatte. Selbst wenn es jemand darauf anlegte, war vom Wasser aus nicht viel zu sehen. Wer auch immer wußte, daß Rick und Towne schwul sind, hatte es auf andere Weise erfahren.

Rick kam zur Tür und winkte mich herein, den Pinsel

in der linken Hand, ein Lächeln auf dem Gesicht. Er trug einen farbverschmierten Kittel, sein blondes Haar war zerzaust, und auf seiner Wange prangte ein blauer Farbtupfer. Er war von unangestrengter, natürlicher Schönheit, schien dies aber nicht zu wissen oder nicht davon beeindruckt zu sein.

Er führte mich durch eine helle, offene Küche in einen Wintergarten, der zum Atelier umgewandelt worden war. Das Licht strömte durch die Fenster, die Wände waren mit Bildern bedeckt, Ricks Bildern vermutlich. Bunte Farbkleckse füllten jede Leinwand mit impressionistischen Blumenfeldern, Segelbooten in Buchten, Mädchen mit riesigen Hüten und überall Blumen, Blumen, Blumen. Ich war begeistert.

„Ich bin hier fast fertig, dann können wir auf die Veranda gehen", sagte er, kniff ein Auge zu und blickte entschlossen auf die Staffelei vor ihm. „Sehen Sie sich ruhig um." Wie die anderen Bilder war auch die Leinwand, an der er gerade arbeitete, von verblüffender Farbenfülle, mit riesigen Blumen in allen Farben des Regenbogens, dazu eine gelb-schwarze Hummel, die gierig den Nektar aus einer Glockenblume schlürfte.

Ich sah ihm einen Augenblick beim Malen zu. Seine linke Hand machte geschickte, sichere Striche, die Zungenspitze in strenger Konzentration im Mundwinkel. Ich wollte ihm mit meiner Beobachtung nicht lästig werden, schlüpfte aus dem Raum, wanderte durch das Haus und betrachtete die vielen Bilder an den Wänden. Die Gegenstände wechselten, aber der Stil war immer ein ganz bestimmter: leuchtend, schwungvoll und von pulsierendem Leben. Martha hatte gesagt, daß sie beim Anblick dieser Gemälde all ihre tiefen, dunklen Geheimnisse ausgesprochen hatte – jetzt verstand ich, warum. Sie weckten Vertrauen, als hätte der Künstler eben ein Geheimnis enthüllt, dich an einer unglaublich persönlichen Sache teilhaben lassen, und das war eine Herausforderung, es gleichzutun. Sie waren intensiv, aber nicht platt. Gebändigte Stärke. Wie Rick selbst, dachte ich. Wirkliche Schönheit braucht kein Show.

Ich fühlte mich in dem weitläufigen Raum mit den freiliegenden Holzbalken sofort zu Hause. Überall strömte Licht herein, und genau wie ich hielten Rick und Towne nicht viel von Vorhängen. Ich fragte mich, ob sie nachts die Läden schlossen.

Ich trat durch die Glasschiebetür hinaus auf die rückwärtige Veranda. Vom überdachten Hintereingang aus waren keine anderen Häuser zu sehen, zu meiner Überraschung jedoch eine unbefestigte Straße, etwa zwölf Meter entfernt. Rick hatte gesagt, das Haus habe keine Zufahrt.

Ich ging zu der Straße hinüber und spähte in alle Richtungen. Der Garten des nächsten Hauses im Norden in Richtung Cedar Ridge war mit Mühe zu erkennen. Im Süden konnte ich das nächste Haus ausmachen, sah aber nur die Kamine zwischen den hohen Bäumen hervorlugen. Selbst wenn Rick und Towne sich oft in ihrem hinteren Garten aufhielten, was ich bezweifelte, waren sie für die Nachbarn nicht zu sehen, außer sie gingen zufällig auf der Straße vorbei. Ich wunderte mich über die Straße. Sie war offensichtlich lange nicht benutzt worden, konnte aber selbst mit dem dichten Bewuchs an einer Seite leicht wieder befahrbar gemacht werden.

Es gibt Leute, die für ein Haus mit Straßenanbindung viel Geld bezahlen, andere, mich eingeschlossen, ziehen die Abgeschiedenheit vor, die eine Bootszufahrt garantiert. Möglicherweise hatten die Bewohner von Cedar Ridge beschlossen, die Straße nicht zu benutzen, obwohl sie da war.

Doch selbst wenn die ganze Nachbarschaft nur die Bootszufahrt benutzte, gab es vielleicht eine Person, die gern einen kleinen Abendspaziergang machte und bei der Gelegenheit ein Auge auf Rick und Towne warf. Und diese Person war vielleicht ein schwulenfeindlicher Verrückter, wild entschlossen, die Nachbarschaft sauberzuhalten. Reine Spekulation, klar, aber ich mußte mich mit den Nachbarn ernsthaft befassen.

Als ich wieder ins Haus ging, trug Rick zwei Gläser und einen Eiskübel mit einer Flasche Weißwein auf die vordere Veranda.

„Bitte nehmen Sie das Tablett hier mit", rief er mir über die Schulter hinweg zu. Auf dem Tablett lag etwas, das verdächtig nach krabbengefüllten Champignons aussah, und so etwas wie Gänseleberpastete. Ich tauchte den Finger in die Masse und bestätigte meine Vermutung.

„Mein Gott", sagte ich dann draußen neben ihm auf der Veranda. „Wann haben Sie Zeit für solche Sachen? Zwischen zwei Bildern?"

Rick lachte und schenkte jedes Glas halb voll mit Fumé Blanc. „Ich koche sehr gern!" erklärte er. „Ich habe heute morgen alles hergerichtet, bevor ich ans Malen ging. Jetzt waren nur noch ein paar Handgriffe nötig. Wie schmeckt es Ihnen?"

Ich steckte einen Pilz in den Mund, seufzte genüßlich und schlürfte den Wein. „Ich weiß nicht, was ich lieber mag, Ihre Bilder oder Ihre Küche. Sie müssen meine Freundin Martha kennenlernen. Sie hat sich bereits in Ihre Bilder verliebt, und wenn sie erfährt, daß Sie kochen können, flippt sie aus!" Ich erzählte ihm von Marthas Therapeutin, die seine Bilder in ihrer Praxis hängen hat, und er verschluckte sich beinahe an seinem gefüllten Pilz.

„Was Sie nicht sagen!" rief er. „Die Therapeutin Ihrer Freundin ist Doktor Carradine. Richtig?"

Als ich nickte, sang er das Lied von Walt Disney – von der Welt, die doch so klein ist. Er konnte keinen Ton halten, und ich mußte lachen.

„Im Ernst", sagte er. „Ich war zwei Jahre bei Doktor Carradine in Therapie und habe mich beinahe in sie verliebt. Nie habe ich mein Geld besser angelegt. Ich kam nicht damit zurecht, daß so viele meiner Freunde an AIDS starben, und Towne riet mir dringend zu einer Therapie. Ich blieb viel länger als nötig bei ihr, weil ich sie so sehr mochte. Sie hat erst angefangen, meine Bilder zu kaufen, nachdem ich die Therapie abgeschlossen hatte, aber seitdem ist sie eine treue Kundin. Geht Ihre Freundin Martha noch zu ihr?"

„Nein, es war nur eine kurze Sache", sagte ich, bediente mich noch mal an den Crackern und erinnerte mich an Marthas schwere Zeit.

Sie arbeitete erst ein Jahr bei der Polizei, als sie gezwungen war, einen Kerl zu erschießen, der einen Schnapsladen überfallen hatte. Er war schießend herausgekommen, und Martha hatte keine andere Wahl, als das Feuer zu erwidern. Er war sofort tot. Nach außen hin war Martha mit der Sache professionell umgegangen. Aber innerlich war sie völlig durcheinander. Es gab einen Polizeipsychiater für solche Fälle, aber Martha konnte sich ihm gegenüber nicht öffnen. Schließlich hatte sie sich privat an Dr. Carradine gewandt und blieb, wie Rick, noch bei ihr, als sie die Schießerei längst verwunden hatte.

„Sie geht wohl erst seit zwei Jahren nicht mehr zu ihr", sagte ich. „Ich glaube aber, daß sie noch in Verbindung sind. Ich habe soviel von ihr gehört, daß ich das Gefühl habe, sie bereits zu kennen."

„Sind Sie auch mal bei einem Seelenklempner gewesen?" fragte er mit vollem Mund. Es amüsierte mich, daß er diese persönliche Frage so locker stellen konnte, aber dann konnte ich auch locker antworten. Eigentlich war ich ja gekommen, um über eine Erpressung zu reden, statt dessen schlürften wir kühlen Wein auf der Veranda mit Seeblick und schlemmten Delikatessen. Das gibt es nur in Cedar Hills, dachte ich lächelnd.

„Martha drängte mich heftig, therapeutische Hilfe zu suchen, als meine erste Geliebte starb, aber ich hatte einfach keine Lust, darüber zu reden. Diane und ich hatten uns so lange schon mit dem Sterben befaßt, daß es fast eine Erleichterung war, als sie wirklich starb. Ich weiß, es klingt schrecklich, aber ich war so erschöpft und so leer, daß ich fast wünschte, mit ihr gehen zu können. Ich war nicht suizidal oder so. Ich war nur müde. Der Gedanke, die ganze Sache vor einer fremden Person durchkauen zu müssen, war mir unerträglich. Ich zog hierher, um von den Erinnerungen loszukommen. Um neu anzufangen. Dabei glaube ich durchaus an den Wert von Therapie, ich war mir nur sicher, daß sie in dieser Lebensphase nichts für mich war. Obwohl es eigenartig ist: Jetzt, wo ich darüber sprechen kann, habe ich kein Bedürfnis danach."

Ich blickte auf und sah zu meiner Überraschung, daß Rick Tränen in den Augen hatte. Schlimmer noch, auch ich fühlte Tränen aufsteigen. Ich hatte schon ewig nicht mehr wegen Diane geweint, und nun, bei diesem vollkommen Fremden, war ich dabei, die Fassung zu verlieren. Ich starrte auf den See, entschlossen, das Gefühl dorthin zurückzuschicken, woher es gekommen war.

Rick legte seine Hand auf die meine, und so saßen wir eine Weile, Hand in Hand, stumm, beide versunken in traurige Gedanken.

„Danke", sagte ich schließlich, zog meine Hand zurück und griff nach meinem Glas.

„He, wozu gibt es Freunde?" fragte er lächelnd, und ich wußte, daß er es ernst meinte. In diesem Augenblick war ich mir sicher, daß ich bereits gewonnen hatte, egal wie der Fall ausgehen würde. Und plötzlich hatte ich den heftigen Wunsch, herauszufinden, wer in das Leben dieser beiden sanften Männer eindringen wollte.

„Erzähl mir etwas über eure Nachbarn", sagte ich und griff nach meinem Notizbuch. Er seufzte, als wäre der Gedanke ans Geschäftliche bedrückend.

„Wir kennen sie kaum", gab er zu. „Es gibt eine ältere Dame, Mrs. Krause, sie fährt ein gelbes Boot. Sie lebt im nächsten Haus Richtung Norden und zwar allein, außer sie hat Besuch von Verwandten. Dann gibt es allerhand zu feiern. Ihre Enkel fahren Wasserski. Aber sonst sehen wir sie fast nie. Das Haus nach dem ihren gehörte einer Familie aus Eugene, aber die hat verkauft, und bisher ist noch niemand eingezogen. Das einzige weitere Haus auf dieser Seite gehörte einem alten Paar, der Mann starb vor kurzem, und die Frau hat das Anwesen verkauft. Südlich von uns gibt es nur ein Haus, und das steht leer, seit wir hier sind. Ich weiß nicht, wem es gehört. Mehr Nachbarn gibt es nicht. Wie gesagt, schwer zu glauben, daß wir jemanden gestört haben, weil es kaum jemanden gibt, den wir stören könnten."

Ich reichte Rick den Kostenvoranschlag, den ich gestern abend aufgestellt hatte. Er überflog ihn und nickte kommentarlos.

„Ich glaube, ich werde mit der Dame da drüben anfangen", sagte ich und schob den Stuhl zurück. „Während ich weg bin, könntest du zum Boot runtergehen und nachsehen, wen ich mitgebracht habe. Entweder liegen sie zusammengerollt im Boot in der Sonne, oder sie verwüsten mittlerweile euren Steg."

„Du hast deine Katzen mitgebracht?" fragte er mit großen Augen. „Im Boot?"

„Oh, das mögen sie", sagte ich. „Ich bin in knapp einer Stunde wieder da."

Ich ließ ihn abräumen und ging hinaus. Es war angenehm, ein wenig zu gehen, und ich genoß den kurzen Weg zum Nachbarhaus. Ich hatte ein gelbes Boot an der Anlegestelle gesehen, und so war ich mir ziemlich sicher, Mrs. Krause anzutreffen. Das Anwesen war in gutem Zustand, mit gepflegten Blumentöpfen am Eingang und das Haus frisch gestrichen. Als ich an der Haustür klingelte, antwortete mir eine zögerliche, nervöse Stimme durch die geschlossene Tür. Sie hatte wohl nicht oft Besuch.

„Mrs. Krause? Ich bin Cassidy James, Privatdetektivin." Ich hob meinen Ausweis hoch, damit sie ihn durch den Spion sehen konnte.

Die Tür wurde so schnell aufgerissen, daß ich erschrocken einen Satz zurück machte. Mrs. Krause, Ende sechzig, war eine angenehm rundliche Frau, die Haarfarbe hatte eine Stich ins Orangene und kam offensichtlich aus der Tube. Ihr Frisur war ordentlich, trotz der zweifelhaften Farbe, sie trug ein Kleid, das eher für die Stadt paßte als für den entspannten Aufenthalt im Haus. Fertig zum Ausgehen, dachte ich, und nicht wissen wohin.

„Kommen Sie doch herein", sagte sie nervös und führte mich in den Flur. Ihr Haus war blitzsauber, der Zitronengeruch von Möbelwachs lag in der Luft. Sie ging mit mir in ein kleines Wohnzimmer und wies auf ein geblümtes Sofa, das aussah, als hätte nie jemand darauf gesessen. Aus gutem Grund, dachte ich, als ich auf dem steifen Polster saß. Meine Füße reichten kaum auf den Boden. Mrs. Krause ließ sich auf einer offensichtlich bequemeren Ottomane nieder und schenkte mir ein dünnes Lächeln.

„Um was geht es denn?" fragte sie und drehte unablässig an dem Ring an ihrem Finger.

„Ich arbeite an einem Fall von Erpressung, und vielleicht können Sie mir dabei helfen." Ich hatte mir nicht überlegt, was ich sagen würde, aber ihre Reaktion war so lebhaft, daß ich das Gefühl hatte, auf die Erpresserin selbst gestoßen zu sein.

„Wie haben Sie es erfahren!" wollte sie wissen. Ihre Augen waren vor Angst geweitet, und noch etwas anderes lag darin, das ich nicht sicher bestimmten konnte. Schuldgefühl? „Ich habe keinem Menschen davon erzählt!" fügte sie mit einem schnellen Blick zum vorhangbedeckten Fenster, hinzu. Wie jemand am See wohnen und die Sicht mit Vorhängen verdecken konnte, war mir unbegreiflich. Ist es die Angst, jemand könnte hereinschauen, fragte ich mich, oder etwas anderes?

„Erzählen Sie mir doch davon", schlug ich vor, hatte aber keine Ahnung, wovon sie redete.

„Könnten Sie mir bitte Ihren Ausweis noch mal zeigen?" fragte sie. Ich stand auf, wühlte in meiner Tasche und zeigte ihn ihr. Sie studierte ihn lange und gründlich. Dann gab sie ihn mir zurück. „Wer hat Sie geschickt?" fragte sie und klang nun leicht paranoid.

„Ich komme im Auftrag eines Klienten", sagte ich geduldig.

„Dann ist es Ihr Klient!" brach es aus ihr heraus.

„Wie bitte?" fragte ich und fing an, meinen kleinen Besuch zu bedauern.

„Der mich erpreßt!" Ihre Augen wurden schmal, sie sah mich an, als hätte ich sie irgendwie ausgetrickst.

„Ich glaube, Sie sollten von Anfang an erzählen" sagte ich. „Ich arbeite für einen Klienten, der mit Sicherheit niemanden erpreßt. Er *wird* erpreßt. Unter den gegebenen Umständen ist es durchaus möglich, daß es eine Verbindung zu Ihrem Fall gibt. Ich werden Ihnen helfen, wenn ich kann."

„Ich hätte zur Polizei gehen sollen", sagte sie. „Aber ich kann einfach nicht. Das Ganze ist so persönlich!" Mrs. Krause stand auf und fing an, beim Sprechen unruhig auf und ab zu gehen. „Vor ein paar Wochen bekam ich einen Drohbrief. Sie schrieben, daß sie mein kleines Geheimnis kennen und meinen Sohn informieren würden, wenn ich mich nicht kooperativ zeigte. Mehr nicht. Zwei Tage danach bekam ich wieder einen. Diesmal nannten sie Details über mein sogenanntes Geheimnis, ein Beweis, daß sie etwas wußten. Sie sagten, wenn ich die Stadt nicht verlasse, würden sie alles meiner Familie berichten. Dann bekam ich diese Anrufe." Ihre Stimme zitterte, sie sah aus wie kurz vor einer Panik.

„Wollten sie Geld?" fragte ich und dachte, ob vielleicht ein paar Baufirmen ein Auge auf Cedar Ridge geworfen hatten. In letzter Zeit waren an der Küste viele Eigentumswohnanlagen entstanden. Es war nur eine Frage der Zeit, bis der Rainbow Lake entdeckt wurde.

„Nein. Ich sollte zusammenpacken und gehen. Die Anrufe sind das Schlimmste. Diese unheimliche Stimme, die sagt, ‚Die Zeit läuft ab, Hazel. Hast du die Koffer gepackt? Ich habe die Telefonnummer deines Sohnes in der Hand. Vielleicht rufe ich ihn jetzt gleich an!'" Die Angst in ihren Augen war intensiv.

„Was haben Sie geantwortet?" fragte ich.

„Ich habe nur immer wieder gefragt, wer er ist, wie es kommt, daß er die Geschichte kennt, und was er will. Und er wiederholte nur immer wieder, daß er mich ruinieren würde, wenn ich die Stadt nicht verlasse" Schwer vorstellbar, daß diese Frau ein Geheimnis hatte, das jemanden zerstören konnte.

„Haben Sie die Briefe?" fragte ich. Sie nickte und ging sie holen. Auf beide Umschlägen war das Wort „Schlampe" geschmiert. Die Briefe waren durch ein Textverarbeitungsprogramm entstanden, wie die Briefe an Rick und Towne.

„Können Sie sich einen Grund denken, warum jemand interessiert sein könnte, daß Sie die Gegend verlassen?"

„Ich habe nicht die leiseste Ahnung. Ich kenne meine Nachbarn kaum. Mit den Jacobs, zwei Häuser weiter oben, war ich befreundet, aber dann verstarb Harry so plötzlich, und Agnes verkaufte das Haus ganz schnell. Sie nahm das erste Angebot an und zog zurück in die Stadt. Nebenan wohnen zwei Jungs. Ich habe ihnen ein paarmal zugewinkt, aber sie bleiben wohl lieber unter sich. Und die Bakers, die auf dieser Seite direkt nebenan wohnten, haben ihr Haus letzten Monat verkauft, und seitdem steht es leer." Sie redete schnell und ging dabei auf und ab. Plötzlich wurden ihre Augen schmal, sie sah mir ins Gesicht. „Sie haben gesagt, daß noch jemand erpreßt wird. Von der gleichen Person, die das auch mit mir macht?"

„Ich stehe unter Schweigepflicht und kann Ihnen keine Einzelheiten sagen. Aber ich glaube, es ist gut möglich, daß Sie beide von der gleichen Person erpreßt werden."

„Können Sie herausfinden, wer es ist?" fragte sie und setzte sich wieder mir gegenüber. Zum erstenmal sah ich einen Hoffnungsschimmer in ihren Augen.

„Nun, ich versuche es. Es wäre aber hilfreich, wenn ich mehr über Ihre Situation erfahren könnte. Können Sie mir sagen, mit welcher Enthüllung der Erpresser droht?"

Die Hoffnung erlosch so schnell, wie sie gekommen war, und machte blankem Entsetzen Platz. Ich ließ die Stille zwischen uns stehen und gab ihr Zeit zum Nachdenken. Als sie schließlich redete, war ihre Stimme leise und gepreßt.

„Niemand, wirklich gar niemand weiß etwas davon. Und es geht auch wirklich niemanden etwas an." Unter der Angst lauerte eine kaum kontrollierbare Wut.

„Alles, was Sie mir sagen, ist streng vertraulich." Ich sah sie mit meinem vertrauenswürdigsten Blick an. Sie machte eine wegwerfende Handbewegung.

„Oh, Ihretwegen mache ich mir keine Sorgen. Ich kann mir nicht denken, wie jemand davon wissen kann. Ich habe nicht einmal meinem Mann davon erzählt!" Und dann, mit einer eigenartigen Mischung aus Angst und Erleichterung, erzählte sie ihre Geschichte.

Hazel Krause war fünf Jahre verheiratet, als sie endlich schwanger wurde. Sie war in Hochstimmung und tat alles, was die Ärzte ihr rieten. Ihr Mann war zu dieser Zeit in Guam stationiert und hatte einen vollen Monat Urlaub organisiert, um bei der Geburt dabei zu sein. Doch zwei Monate vor der Zeit bekam Hazel Wehen, und nach fast zwanzig Stunden äußerster Qual nahmen die Ärzte einen

Kaiserschnitt vor. Das Baby war tot. Schlimmer noch, Hazel hatte einen unheilbaren Schaden erlitten. Die Ärzte sagten ihr, daß sie kein Kind mehr haben würde.

Zur gleichen Zeit gebar im gleichen Krankenhaus ein junges Mädchen namens Sage Winter einen gesunden Jungen. Sage war vierzehn. Der Vater des Kindes dreizehn. Sage wurde mit Mrs. Krause in ein Zimmer gelegt. Eine Gedankenlosigkeit, im Rückblick betrachtet. Sages Vater, ein bekannter Geschäftsmann, hatte alles arrangiert. Als beide Frauen entlassen wurden, hatte Hazel Krause ein hübsches Baby namens Thomas Krause.

Natürlich war das nicht legal. Hazel hatte ihrem Mann nie etwas davon erzählt. Sie erzählte es niemandem. Bis letzten Monat, als sie einen Brief von einer Sage Cannon aus Seattle bekam, hatte sie die Sache einfach aus ihrem Kopf gestrichen. Tommy war ihr Sohn und fertig. Der Brief von Sage hatte sie völlig außer Fassung gebracht. Aber Sage war äußerst zurückhaltend. Sie wollte nicht in ihr Leben eindringen. Sie wollte ihren Sohn nicht besuchen. Sie wollte nur ihren längst überfälligen Dank ausdrücken. Sie erzählte von ihren Lebensumständen, von ihrer Familie – sie hatte drei eigene erwachsene Kinder – und ihren Erfolgen als Immobilienmaklerin. Der Brief hatte jeden Rest von Zweifel in Hazels Kopf zerstreut, daß eines Tages aus dem Nichts eine Frau auftauchen und ihren leiblichen Sohn zurückverlangen würde.

Und dann, zwei Wochen danach, kam der Drohbrief.

„Ein komischer Zufall, nicht wahr?" fragte ich. „Man hört all die Jahre über nichts, und dann, hoppla, innerhalb weniger Wochen zwei verschiedene Briefe?"

„Ich weiß. Das habe ich auch gleich gedacht. Aber es ergibt keinen Sinn. Außer Sage und ihrem Vater wußte niemand von der ‚Adoption'. Sage schrieb in ihrem Brief, daß sie das Geheimnis all die Jahre bewahrt hatte. Wenn sie es niemandem erzählt hat und ich auch nicht, wie konnte es jemand erfahren?"

„Wie steht es mit den Krankenakten? Die Schwestern und Ärzte wußten doch sicher von dem Tausch."

Hazel schüttelte heftig den Kopf. „Die Schwester, die uns half, die Papiere auszutauschen, war über sechzig. Vor sieben Jahren las ich ihre Todesanzeige. Der Arzt hat nicht das Geringste gewußt."

„Vielleicht hat Sage, nachdem sie den Brief geschrieben hat, mit jemandem darüber geredet und diese Person wiederum mit einer anderen", sagte ich und dachte, das hört sich ziemlich weit hergeholt an.

„Aber sie wollen nichts von mir!" rief sie. „Sie wollen nur, daß ich die Stadt verlasse. Warum sollte jemand in Seattle interessiert sein, daß ich Cedar Hills verlasse?"

Guter Gedanke. Ich vermutete die Erpresser, wer auch immer sie waren, nicht in Seattle. Ich vermutete sie hier, in Cedar Hills. Unter unseren netten Nachbarn. Irgend jemand wollte, daß die beiden letzten Anwohner von Cedar Ridge ihre Grundstücke räumten. Ich dachte an die Nachbarn, die vor kurzem weggezogen waren. Hatten auch sie Drohbriefe bekommen? Und wenn ja, mit welchen Enthüllungen hatten die Erpresser gedroht? Wichtiger noch: Wie erfuhr jemand all diese Geheimnisse? Es war vielleicht nicht schwierig herauszufinden, daß Rick und Towne ein Paar waren, doch Mrs. Krauses Geheimnis schien ein wenig komplizierter.

„Könnte es sein, daß jemand hier im Haus Sages Brief gesehen hat? Eine Haushaltshilfe vielleicht oder gar ein Einbrecher?" fragte ich.

„Ich las den Brief und habe ihn sofort verbrannt", sagte sie kopfschüttelnd. „Vielleicht hat ihn jemand vor dem Abschicken gelesen, in meinem Haus sicher nicht. Und wie gesagt, wenn es jemand von dort wäre, würden sie wohl Geld fordern und nicht, daß ich die Stadt verlasse. Es ergibt einfach keinen Sinn."

„Ich werde tun, was ich kann", sagte ich und erhob mich von dem unbequemen Sofa. Ich gab ihr eine Visitenkarte, und sie begleitete mich zur Tür.

„Diese Geschichte hat meine Nerven zerrüttet", sagte sie. „Ich habe schon gedacht, jemanden zu beauftragen, der Sache nachzugehen, und wie durch ein Wunder kommen Sie daher. Ich möchte Sie beauftragen, herauszufinden, wer dahintersteckt. Ich weiß, daß Sie bereits für eine andere Person arbeiten, aber Sie haben selbst gesagt, daß es zwischen diesen Fällen möglicherweise eine Verbindung gibt. Ich werde keine Ruhe haben, bis die Geschichte nicht aufgeklärt ist. Was ist Ihr Honorar?"

Als ich es nannte, ging sie sofort zu ihrer Handtasche und schrieb einen Scheck aus.

„Ehm, üblicherweise schreibe ich die Stunden auf und sage den Leuten dann, was sie mir schulden."

„Nun gut, behalten Sie Ihre Stunden nur im Auge, meine Liebe. Wenn der Betrag überschritten ist, lassen Sie es mich wissen. Wenn etwas übrig bleibt, betrachten Sie den Rest als Trinkgeld. Ich möchte, daß Sie Ihre ganze Arbeitskraft einsetzen, die Person zu finden, die mir das antut. Bevor sie ihre Drohung wahr macht."

Ich nahm ihr das Versprechen ab, mich anzurufen, wenn sie wieder etwas von den Erpressern hörte, und ging zu Ricks Haus zurück. In meinem Kopf stritten tausend Ideen um Beachtung.

Ich hätte die Katzen nicht in Ricks Obhut lassen dürfen, ich hätte es mir denken können. Sie waren draußen auf der Terrasse, Gammon schleckte den Rest Leberpastete auf, und Panic machte mit den Krabben kurzen Prozeß. Rick saß gemütlich im blauen Klappstuhl, nippte am Wein und lachte.

„Oh, toll!" sagte ich. „Sie werden nie mehr Katzenfutter fressen!" Eigentlich hatte ich auf den Rest Leberpastete spekuliert.

Als die Katzen ihren Imbiß beendet hatten, trugen Rick und ich sie zu meinem Boot hinunter. Ich suchte nach einem Weg, ihm von Mrs. Krause zu erzählen, ohne meine Schweigepflicht zu brechen. Zwei verschiedene Klienten für den gleichen Fall zu haben, war wirklich eigenartig, und ich beschloß, Mrs. Krause um Erlaubnis zu bitten, ihren Teil des Falles mit Rick und Towne zu besprechen, natürlich ohne ihr Geheimnis zu verraten, und umgekehrt. Waren erst beide damit einverstanden, wäre alles leichter.

Ich sagte Rick, daß ich mich bald wieder melden würde, und sprang in mein Boot, wobei ich bemerkte, daß das Haus am anderen Ufer des Sees dem Haus von Rick und Towne fast genau gegenüberlag und daß jemand am Fenster stand und zu uns herüberblickte. Als ich nach dem Fernglas griff, das immer im Boot liegt, verschwand die Gestalt hinter einer schnell geschlossenen Gardine. Noch ein Nachbar, der einen Besuch wert war, dachte ich. Ich brauste los, und beide Katzen krallten sich an die Polster am Bug, die Nasen im Wind.

4

Als ich mich meinem Grundstück näherte, war ich überrascht, Jess Martins Boot an meiner Anlegestelle vertäut zu sehen. Er fuhr ein großes, plumpes Fischerboot, das er vor ein paar Jahren bei einem Pokerspiel gewonnen hatte. Er hatte es zum Funktionieren gebracht, aber kein noch so großes technisches Know-how würde aus diesem Boot je etwas Ansehnliches machen. Vom Steg aus sah ich Jess, mit seinem zu einem Pferdeschwanz zurückgebundenen Haar, wie er einen Schubkarren voll Erde zum Garten hinter dem Haus schob. Er und Klein-Jessie hatten sich vorgenommen, mir beim Aufstellen eines Gewächshauses zu helfen. Das war vor dem Sturm gewesen, nun hatten sie wohl einfach ohne mich angefangen. Ich eilte zum Garten hinter dem Haus, und tatsächlich, sie waren beide schwer bei der Arbeit.

Als Jessie mich erblickte, kam sie zum Hintereingang gerannt. Ihr langes, goldblondes Haar hatte sie zu einem Pferdeschwanz gebunden wie ihr Vater. Sie trug ausgewaschene Jeans und alte rote Turnschuhe. Ihre dünnen Arme waren von der Schulter abwärts bereits sonnengebräunt. Sie bestand nur aus Armen und Beinen und trug eine Zahnspange sowie eine Nickelbrille, mit der sie aussah wie eine Eule. Schwer, sich vorzustellen, wie sie ein großes altes Gewehr in beiden Händen hält und ihrem Bruder den Kopf herunterschießt. Wenn ich nicht selbst dabeigewesen wäre und es gesehen hätte, hätte ich es nicht für möglich gehalten. Aber weder ihr Vater noch ich wären noch am Leben, wenn sie es nicht getan hätte.

„He, Cassidy. Wo warst du? Wir haben alle Löcher für die Pfosten ohne dich gegraben!"

„Sieht gut aus", sagte ich und zauste ihr die Haare. „Ihr seht aus, als könntet ihr eine Pause gebrauchen. Coke, Eistee oder ein Sprite?"

„Tee für mich", sagte sie und stampfte an der Eingangstreppe die Erde von ihren Schuhen.

„Ich nehme ein Bier", sagte Jess, trat näher und stampfte die Erde an seinen Stiefeln auch an der Treppe ab. Ich nahm ein paar Bierdosen aus dem Kühlschrank und goß für Jessie Eistee in einen großen Plastikbecher. Wir setzten uns auf die Veranda hinter dem Haus und bewunderten die Anfänge des Gewächshauses, während Gammon und Panic die Arbeit aus der Nähe betrachteten.

Es war warm und gemütlich, so in der Nachmittagssonne zu sitzen und zu plaudern. Jessie war aufgeregt, weil die Schule bald zu Ende war, und erinnerte mich mindestens zehnmal daran, daß ich versprochen hatte, sie im Sommer bei einem meiner Fälle mitarbeiten zu lassen. Obwohl er sich erst kürzlich von Lilly getrennt hatte, war Jess guter Laune. Ich überlegte, wie ich das Thema elegant ansprechen könnte, aber Jessie kam mir zuvor.

„Dad und Lilly haben Schluß gemacht", sagte sie ganz sachlich. „Sie war zu launisch, nicht wahr, Dad?"

„Da steckt noch mehr dahinter, kleines Häschen", sagte er. Jessie rümpfte die Nase über diesen Spitznamen. Mit elf Jahren fing sie an, auf ihre Persönlichkeit zu pochen.

„Geht's dir gut damit?" fragte ich Jess und klopfte ihm auf die Schulter. Jess neigte nicht dazu, seine Zuneigung groß zu zeigen, seit der Schießerei waren wir uns jedoch ziemlich nahegekommen. Als seine Frau auszog, war er beinahe erleichtert gewesen. Sie hatten sich schon lange nicht mehr verstanden.

Selbst Jessie schien es ganz gut zu gehen, wenn man bedenkt, was geschehen war. Ich wußte, daß sie ihre Mutter vermißte, was sie aber nicht davon abhielt zu versuchen, ihren Dad mit anderen Frauen bekanntzumachen. Obwohl es ihm an Frauenbekanntschaften nicht eben mangelte. Er war groß und sah unverschämt gut aus, immer mit Bartstoppeln im Gesicht, einem unbeschwerten Lächeln und unwiderstehlich grünen Augen. Seit knapp einem Jahr war er der begehrteste Junggeselle in Cedar Hills und bereits mit fast allen geeigneten Frauen der Stadt ausgegangen.

„Ich bin fast erleichtert, daß es vorbei ist", sagte er. „Sie fing an, mir auf die Nerven zu gehen."

„Mir auch", meldete sich Jessie. „Ich weiß nicht, warum ihr beide euch nicht zusammentut." Sie richtete ihren Blick von ihrem Vater auf mich. „Das wäre einfach ideal."

Jess und ich lachten, aber Jessie beobachtete uns aufmerksam.

„Es gibt noch viel, was du noch nicht weißt, Kleines", sagte Jess und zog sie sanft am Pferdeschwanz.

Sie entzog sich ihm ungnädig. „Ich weiß mehr, als ihr denkt", sagte sie und starrte in den Garten hinaus.

„Oh, ja?" sagte ich und versuchte einen leichten Ton anzuschlagen. „Zum Beispiel?"

„Zum Beispiel, daß du und Erica mehr waren als nur Freundinnen. Und daß du Mädchen lieber magst als Jungen. Ich bin nicht dumm, weißt du." Das war nicht, was ich erwartet hatte, mir fehlten die Worte.

„Nun", sagte Jess, „dann weißt du wohl, warum Cassidy und ich uns nicht einfach zusammentun können, um es mit deinen Worten zu sagen."

„Aber das ist ungerecht!" Sie schmollte. „Ihr müßt ja nicht, ich meine, sowas wie Sex miteinander haben. Ihr könntet doch einfach so was wie Familie sein."

Obwohl die Situation peinlich war, mußte ich lachen und Jess auch. Jessie starrte uns beide an und war den Tränen nahe.

„Wir lachen dich nicht aus", sagte ich. „Du sagst die Dinge nur so ehrlich. Meist reden die Leute nicht so offen darüber. Aber nun hast du es angesprochen, und wir sollten darüber reden. Okay?"

Sie nickte und biß sich auf die Unterlippe.

„Du hast recht, ich ziehe Frauen vor, Jessie. So bin ich eben. Die meisten Menschen mögen das andere Geschlecht, aber manche sind anders. Ja, und Erica war auch so." Komisch, dachte ich, eben habe ich von Erica in der Vergangenheitsform gesprochen.

„Und deine Freundin Martha. Die Polizistin", sagte sie und sah mich um Bestätigung bittend an.

„Ja, Martha auch. Egal wie sehr dein Dad und ich befreundet sind, wir werden nie mehr sein als Freunde, verstehst du?"

„Aber könntest du dich nicht ändern? Könntest du es nicht versuchen?" fragte sie. Ich mußte mir auf die Lippen beißen, um nicht wieder loszulachen. Die Frage war toternst gemeint.

„Ich könnte so tun als ob", sagte ich. „Das machen viele, um gesellschaftlich akzeptiert zu werden. Aber ich würde mit einer Lüge leben. Und dazu bin ich nicht bereit, Jessie. Ich mag mich, so wie ich bin."

Sie schien heftig zu grübeln und schlürfte gedankenverloren ihren Tee. Jess warf mir über ihren Kopf hinweg einen Blick zu, als wollte er „He, tut mir leid" sagen. Ich zuckte mit den Schultern und bedeutete ihm, daß es nicht seine Schuld war. Es mußte so kommen, früher oder später. „Stört es dich, daß ich lesbisch bin?" drängte es mich zu fragen.

Ihre großen grünen Augen sahen riesig aus hinter der Brille. „Warum sollte es mich stören?" fragte sie. „Außer daß ich gern hätte, daß du meine Stiefmutter bist. Aber wenn du meinst, ob es mich stört, daß du anders bist als ich und mein Dad, wüßte ich nicht, warum. Sollte es mich denn stören?"

„Nein, das sollte es wirklich nicht. Aber es gibt Leute, die Vorurteile haben gegen Menschen, die anders sind als sie. Die jemanden hassen, weil er oder sie eine andere Hautfarbe hat, zum Beispiel. Das ist die gleiche Geschichte. Es gibt viele Leute auf dieser Welt, die voller Haß sind, Jess. Und manche hassen Lesben und Schwule."

„Wenn jemand etwas Schlechtes über dich sagt, dann bekommt er es mit mir zu tun", sagte sie und stand auf. Sie ging mit großen Schritten und heftig wippendem Pferdeschwanz über die Veranda und durch den Garten, als marschierte sie in den Krieg.

„Nun, das ging ja ziemlich glatt", sagte Jess mit Lachen in der Stimme.

„Sie hat mich überrascht. Wie lange weiß sie es schon?"

„Keine Ahnung", sagte er. „Sie ist ein seltsames Kind, Cass. Die Psychologin bat mich, ihre Intelligenz messen zu dürfen. Da stellte sich heraus, daß sie einen hohen IQ hat, fast wie ein Genie. Dr. Carradine sagt, sie sollte in einer Sonderklasse sein. Deswegen geht sie nächstes Jahr in Kings Harbor zur Schule, nicht mehr hier. Ich habe es noch nicht mir ihr besprochen. Ich dachte mir, ich warte noch bis zum Sommer. Ach übrigens, Dr. Carradine würde dich gern kennenlernen, wenn es dir recht ist."

Ich sah Jess überrascht an, und er grinste.

„Sie beißt nicht, ehrlich", sagte er. „Sie ist eine nette Frau. Ich weiß, was du von Seelenklempnern hältst, Cass, aber Dr. Carradine hat Jessie gutgetan und möchte einfach mit jemandem reden, der dabei war, als es passierte."

Jess und Jessie gingen auf Marthas Drängen seit der Schießerei zu Dr. Carradine. Nun sollte auch ich die große Therapeutin kennenlernen, ob ich wollte oder nicht.

„Wann möchte sie mich treffen?" fragte ich und beobachtete Jessie, wie sie am Bach mit den Katzen spielte.

„Ich gebe dir ihre Telefonnummer. Vielleicht kann sie dir einen Termin vor Jessies nächster Stunde in der kommenden Woche geben. Es macht dir doch nichts aus?" fragte er und kippte den Rest Bier hinunter.

„Jessie zuliebe würde ich mich sogar dem Zahnarzt aussetzen", sagte ich. Aber in meinem Herzen spürte ich eine eigenartige Beklommenheit. Aus irgendeinem Grund machen mich Psychiater nervös.

5

Am Sonntag erwachte ich früh, wieder lag ein Sonnentag vor mir. Ich setzte mich mit meinem Kaffee an den Küchentisch und ordnete die Notizkärtchen für meine Nachforschungen. Ich machte mir eine Liste von Leuten, die ich anrufen, Dingen, die ich tun, Orten, die ich aufsuchen mußte. Ganz am Ende der Liste stand die Telefonnummer von Jessies Therapeutin. Ich schob den Anruf auf bis zuletzt, aber als es neun Uhr war, hatte ich alles erledigt, was irgend zu erledigen war, und so wählte ich schließlich ihre Nummer. Ich sprach mit einer Sekretärin, die mir sagte, sie könne mich am Montagnachmittag um fünf Uhr einschieben, gleich nach Dr. Carradines letzter Therapiestunde. Na prima, dachte ich. Vielleicht hatte sie es dann eilig, rauszukommen und würde es kurz machen.

Ich hatte mit Mrs. Krause und Rick gesprochen, die mir beide gern erlaubten, ihren Fall zu erzählen, nachdem ich Mrs. Krause versichert hatte, daß ihr Geheimnis nicht Gegenstand der Diskussion sein würde.

Dann hatte ich das Maklerbüro angerufen, weil ich wissen wollte, wer die Häuser am Cedar Ridge erworben hatte. Susie Popps, die Maklerin, sagte mir, sie wisse es zwar nicht, würde es aber gern für mich herausfinden.

„Ich weiß aber, wer eben das oberste Grundstück von Cedar Ridge gekauft hat", sagte sie mit überschwänglicher Begeisterung.

„Den Bergrücken?" fragte ich überrascht. „Wer?"

„Der neue Pfarrer, Reverend Love. Soviel ich weiß, wird er so was wie religiöse Einkehrtage dort abhalten."

„Wann hat er es gekauft?"

„Oh, vor ein paar Monaten. Etwa zu der Zeit, als er anfing, in der alten Methodistenkirche zu predigen. Haben Sie ihn schon gehört? Er ist ein beachtlicher Redner."

„Nein, bisher hatte ich nicht das Vergnügen", sagte ich. „Stand das Grundstück da oben lange zum Verkauf? Ich wußte nicht einmal, daß es auf dem Markt war."

„Nun, es gehörte der Gemeinde, aber die hatte nicht viel davon. Es ist nur zu Fuß erreichbar, und die Strecke ist ziemlich weit. Die Pfadfinder sind manchmal zum Zelten hinaufgegangen, aber abgesehen davon war schon ewig niemand mehr oben. Die Forstverwaltung hat damals, als sie die ganze Gegend abräumten, den Kamm in Ruhe gelassen, weil es keine Möglichkeit gab, die Stämme abzutransportieren. Dieser Bergrücken ist einer der wenigen Orte in der Gegend, an dem noch echte Rotzedern stehen. Ich kann mir denken, daß es der ideale Ort für Einkehrtage ist."

„Ja, das denke ich auch", sagte ich. „Hören Sie, Susie, finden Sie doch heraus, wer die neuen Besitzer dieser Häuser sind, ich wäre Ihnen wirklich dankbar. Ich schaue heute nachmittag kurz vorbei, wenn ich in der Stadt bin, vielleicht wissen Sie es bis dahin."

„Das werde ich tun, Cassidy. Und wenn Sie je Ihr nettes kleines Haus am See verkaufen möchten, lassen Sie es mich zuerst wissen. Die Preise sind in letzter Zeit in den Himmel geschossen, ich bin mir sicher, daß Sie einen hohen Gewinn machen könnten." Sie kicherte und legte auf, bevor ich antworten konnte.

Danach suchte ich im Telefonbuch nach einer Agnes Jacobs, der Witwe des kürzlich verstorbenen Nachbarn von Cedar Ridge. Es gab eine A. Jacobs in Kings Harbor, die sich als Arthur entpuppte, das war alles. Dann fiel mir aber doch noch ein, nach Harry Jacobs zu suchen, und tatsächlich, da war er, in Riverton, nur fünfzehn Meilen nördlich von Cedar Hills. Arme Agnes, dachte ich, benutzt immer noch den Namen ihres Mannes, obwohl er gestorben ist. Ich schrieb mir Nummer und Adresse heraus, denn persönlich würde ich wohl mehr Informationen bekommen als am Telefon. Nachdem ich also den Termin mit Dr. Carradine gemacht hatte, griff ich meine Mülltüten, sagte meinen Kätzchen Tschüß und sprang in meine Sea Swirl, um zum Hafen hinüberzufahren.

Tommy war schon wieder beim Angeln. Er warf den Köder direkt in die Mündung des Flußarmes aus, holte die Schnur gemütlich wieder ein und schien völlig sorglos. Als er den Bootsmotor hörte, sprang er auf, ließ die Angelrute auf den Steg fallen und tat, als betrachtete er fasziniert ein Loch im Steg. Ich grinste ihn an und drohte ihm mit dem Finger. Sogar aus der Entfernung konnte ich sehen, wie er rot wurde. In zwei Tagen zweimal erwischt. Tommy spielte mit der Gefahr.

Ich warf meinen Abfall in den Container, stieg in meinen schwarzen Jeep Cherokee und ließ den Motor warmlaufen. Dann fuhr ich Richtung Norden. Es war eine kurze, malerische Fahrt, mit Sanddünen zur Linken, die sich elegant zum eine Meile entfernten Meer hin wellten, während auf der rechten Seite turmhohe Bäume die kurvige Straße säumten und hin und wieder einen Blick auf glitzernde Seen und Flüsse freigaben. Um diese Jahreszeit war die Straße herrlich leer.

Riverton ist eine hübsche kleine Stadt direkt am Highway Nr. 1. Am Straßenrand aufgereiht gibt es Motels und Restaurants für die Fahrer der Holztransporter und Touristen auf der Durchfahrt. Eine halbe Meile außerhalb der Stadt machen die Bootsverleiher in der Lachssaison ein tolles Geschäft, und am Salmon River entlang gibt es massenhaft Mietboote, Läden mit Anglerbedarf und Terrassencafés.

Die Häuser in Riverton sind in drei Gruppen aufgeteilt: Häuser am Fluß, Häuser mit Sicht auf den Hafen und Häuser in Gehweite zur Stadt. Ich nahm meinen Stadtplan zur Hand, suchte nach der Pelican Lane und fand sie schließlich unten am Hafen. Die Jacobs hatten in einem Haus mit Blick auf den Rainbow Lake gewohnt, und so war zu erwarten, daß Mrs. Jacobs sich wieder ein Haus mit schöner Aussicht suchen würde. Ich war überrascht, als ich auf ein älteres, verschindeltes Haus zufuhr, drei Straßen vom Wasser entfernt, in einer gewöhnlichen Wohnstraße. In der Einfahrt parkte ein weißer Buick, und die Eingangstür war offen. Mrs. Jacobs war zu Hause.

Ich drückte die Türglocke und trat einen Schritt von der geschlossenen Fliegentür zurück. Wildes Jaulen folgte, und ich konnte einen aprikotfarbenen kleinen Pudel auf den Dielen des Flurs hin und her rasen sehen, bereit, nach meinen Knöcheln zu schnappen.

„Ja? Kann ich Ihnen helfen?" fragte eine melodiöse Stimme. Sie trug eine graue Cordhose und einen rosaroten Pullover, dessen Ärmel bis zum Ellbogen hochgeschoben waren. Ihr Haar war mit einem rosa Schal umwickelt, ihr faltenzerfurchtes Gesicht von Altersflecken übersät. Sie mußte mindestens achtzig sein, aber ihre blauen Augen blickten wach und voll kindlicher Neugier.

„Ich bin Cassidy James, Privatdetektivin aus Cedar Hills", sagte ich lächelnd durch die Fliegentür und hielt meinen Ausweis hoch. „Sind Sie Agnes Jacobs?"

„Ja, das bin ich", sagte sie. „Paprika, hör auf! Kommen Sie doch herein. Sie beißt nicht", sagte sie, als ich mich an dem jaulenden Pudel vorbeidrückte. „Vielleicht würde sie, wenn sie könnte, aber dem armen Ding sind alle Vorderzähne ausgefallen." Ihre Stimme klang wie ein Liedchen. Ich folgte ihr in das gemütlich eingerichtete Wohnzimmer. Paprika kam und schnupperte aufgeregt an meinen Füßen, merkte dann wohl, daß ich ein Katzenmensch bin, und rannte steifbeinig zu Agnes. Sie nahm den kleinen Hund hoch und streichelte ihn, während ich redete.

„Sie haben auf Cedar Ridge gewohnt", sagte ich gleich ganz direkt. „Stimmt das?"

„Oh, ja doch. Wir hatten jahrelang ein Haus dort oben. Doch dann starb Henry vor ein paar Monaten, und es schien mir an der Zeit, in die Stadt zu ziehen. Darf ich fragen, worum es geht?"

Ich erzählte ihr von den Erpressungen der Leute auf dem Hügel, und ihre Augen weiteten sich.

„Briefe oder Anrufe?" fragte sie.

„Nun, beides", sagte ich neugierig. „Warum fragen Sie?"

„Weil Henry kurz vor seinem Herzinfarkt ein paar seltsame Anrufe bekommen hat. Er wollte mir nicht sagen, worum es dabei ging, aber sie haben ihn sichtlich beunruhigt. Und an dem Tag, als er starb, erreichte ihn ein Brief. Er bekam den Anfall direkt auf dem Steg, als er den Brief las. Er hatte ihn noch in der Hand, als er niederfiel. Ich sah ihn zu Boden sinken, rief den Notarzt an und eilte zum Steg hinunter. Ich bin zwar nicht mehr so beweglich wie früher, aber ich kann Ihnen sagen, ich flog förmlich die Treppen hinunter. Aber als ich bei ihm war, lebte er schon nicht mehr." In ihren strahlenden Augen standen Tränen, aber ihre Stimme war kräftig und ruhig. „Henry war ein alter Mann. Nächsten Monat wäre er fünfundachtzig geworden. Aber er hatte nie das geringste Herzproblem, soweit wir wußten. Und dann, einfach so", sie schnippte mit den Fingern, „war er weg. Glauben Sie mir, ich hätte nie gedacht, daß die Tage so lang sein können. Wenn du dein ganzes Leben mit jemandem verbringst, und er ist plötzlich weg und läßt dich allein, das kann dir schon den Wind aus den Segeln nehmen. Aber Sie sind nicht gekommen, um eine alte einsame Frau schwatzen zu hören, nicht wahr? Was kann ich für Sie tun?"

„Mrs. Jacobs, haben Sie den Brief gelesen? Er könnte wichtig sein." Ich drückte im Geist die Daumen.

„Nennen Sie mich doch Agnes. Ja, schließlich habe ich ihn angesehen. Ich hob ihn mit der anderen Post zusammen auf und legte ihn auf den Tisch. Erst nach ein paar Tagen erinnerte ich mich wieder und las ihn. Ich kann Ihnen sagen, ich war schockiert! Was für eine schmutzige Sprache! Aber ich hatte keine Ahnung, von wem der Brief war. Anscheinend dachte jemand, Harry hätte ein Geheimnis, und drohte, es zu enthüllen, wenn wir nicht wegzögen. Ich wußte alles, was es über Harry Jacobs zu wissen gab, und kann mir nicht denken, daß er je etwas getan hat, womit man ihn hätte erpressen können. Aber in dem Brief stand, daß sie seiner Frau die Geschichte erzählen würden, wenn er nicht ginge. Ich konnte mir nicht denken, welche Geschichte sie meinten, aber darauf kam es wohl an, nicht wahr? Es gab anscheinend etwas, das ich nicht wußte. Etwas so Furchtbares, daß die Androhung der Enthüllung ihn buchstäblich zu Tode erschreckte. Ich weiß nicht, was dieses Geheimnis war, ich will es auch nicht wissen. Ich hoffe nur, daß wer immer den Brief geschrieben hat, in der Hölle schmort."

Während Agnes sprach, war der kleine Hund unruhig geworden, und sie setzte ihn auf den Teppich.

„Haben Sie den Brief noch?" fragte ich und hoffte gegen alle Hoffnung.

„Sofort verbrannt", sagte sie und blickte mich herausfordernd an. Ich verstand sie.

„Es muß sehr schwer für Sie gewesen sein", sagte ich.

„Erst den Mann verlieren und dann den ganzen Umzug bewältigen. Wie bald nach seinem Tod konnten Sie das Haus verkaufen?"

„Nun, das war sehr komisch. Manchmal denke ich, der Herr sorgt doch für uns. Am Tag nach der Beerdigung hing ein Zettel an unserer Tür. Ob wir an einem Verkauf interessiert seien? Ich rief die angegebene Nummer an, der Mann machte ein Angebot, und das war's. Es war ein faires Angebot, und er übernahm alle Nebenkosten. Ja, als er erfuhr, daß ich so schnell verkaufen wollte, weil mein Mann eben verstorben war, kümmerte er sich sogar darum, daß die Umzugsleute mir alles zusammenpackten und mich hier installierten. Hier wohne ich natürlich nur zur Miete. Ich habe mich auf die Warteliste der Palisade-Altenwohnanlage setzen lassen, drüben am Fluß. Ich bin noch nicht reif fürs Altersheim, aber es wäre nett, mit Leuten im gleichen Alter zusammenzusein."

Ich blieb noch eine Weile und plauderte mit Agnes Jacobs, obwohl ich wußte, daß sie nichts Wichtiges mehr erzählen würde. Sie war eine einnehmende Frau, voller geistreicher Ansichten und farbiger Geschichten. Als ich mich schließlich verabschiedete, gab ich ihr meine Visitenkarte und bat sie, mich anzurufen, wenn der Umzug anstand, denn ich war gern bereit, ihr bei den schweren Sachen zu helfen. Aber obwohl ich dablieb und herumsaß, als gäbe es überhaupt keine Sorgen, machte mein Magen kleine Hüpfer vor Aufregung. Als ich nach dem Namen des Mannes gefragt hatte, der ihr Anwesen gekauft und sich so hilfreich um ihren schnellen Abgang von Cedar Ridge gekümmert hatte, nannte sie mir den Namen des neuen Pfarrers, Reverend Love.

6

Susie Popps schoß aus der Kammer, die ihr als Büro diente, und wedelte mit einer Hand voll Papieren. „Ich hab's", sagte sie. „Und Sie werden nicht erraten, was!" Sie führte mich in eine Ecke, wo zwei Stühle an einem Metallschreibtisch standen, und ließ sich auf einen der beiden fallen. Ich nahm den anderen.

„Alle drei Häuser wurden von der gleichen Gesellschaft gekauft. Ich habe den Namen noch nie gehört, und ich weiß nicht, was sie tun, aber es ist nicht ungewöhnlich, daß eine Gesellschaft oder eine Firma ein Seegrundstück kauft, um ein eigenes Erholungsheim zu bauen oder so. Daß drei Grundstücke nebeneinander gekauft werden, ist aber doch ungewöhnlich."

„Wie heißt die Gesellschaft?" fragte ich.

„Loveland GmbH."

Ich hatte erwartet, wieder Reverend Loves Namen zu hören, und war enttäuscht, als sie sagte, es handele sich um eine Gesellschaft. Jetzt stieg meine Hoffnung wieder. Reverend Love hatte das Grundstück auf dem Bergrücken von Cedar Ridge gekauft. Reverend Love hatte sich persönlich um den Umzug von Agnes Jacobs gekümmert, das Haus wenige Tage nach dem Tod ihres Mannes gekauft und war zur rechten Zeit am rechten Ort gewesen. Reverend Love hatte zweifellos Verbindungen zu Loveland GmbH und war höchstwahrscheinlich auch der Autor einiger ziemlich wüster Erpresserbriefe. Das zu denken war eine Sache, sie zu beweisen eine völlig andere.

Die alte Methodistenkirche lag am Rand der Stadt, etwa zwei Häuserblocks von der Immobilienagentur entfernt. Weil ich gerade in der Nähe war, wollte ich kurz reinschauen. Es war ein kleines Gebäude, von dem die weiße Farbe abblätterte, mit einer alten Markise, die die mysteriöse Aufschrift trug: „Komm mit und marschiere in der Armee der Liebe." Ich hatte diese Botschaft schon vor einem Monat bemerkt, aber nicht weiter darüber nachgedacht. Neue Pfarrer kamen und gingen in Cedar Hills mit ziemlicher Regelmäßigkeit. Bisher hatte ich es noch immer geschafft, ihnen nicht zu begegnen.

Die vorderen Eingangstüren waren verschlossen, deshalb schlich ich zur Rückseite und spähte durchs Fenster. Der Raum war leer. Dieses Gebäude würde nicht viele Menschen inspirieren, dachte ich. Ein großer Jesus aus Holz hing gekreuzigt über der hölzernen Kanzel. Die Bänke, auch aus Holz, wirkten betagt, selbst vom Fenster aus konnte ich mir vorstellen, wie Splinte in Hinterteile und Hüften piecksten. Ich drängte mich zwischen zwei blau blühenden Hortensienbüschen durch und fand, was ich gesucht hatte: eine Hintertür. Sie war verschlossen.

Eine wirklich wertvolle Fertigkeit, die mein Mentor Jake Parcell mich gelehrt hat, ist das Knacken von Schlössern. Nach Beendigung meiner Lehrzeit hatte er mir einen Satz Werkzeuge geschenkt, für mich persönlich, und ich gierte nach einer Gelegenheit, ihn anzuwenden. Leider lag er zu Hause, und deshalb mußte ich improvisieren.

Nachdem ich eine Weile vergeblich mit einer Büroklammer herumgestochert hatte, trat ich einen Schritt zurück, vergewisserte mich, daß niemand zusah, und gab der Tür einen kräftigen Tritt. Sie schwang sofort auf, ich war so zufrieden mit mir, daß ich erst nach einer Minute bemerkte, daß der Raum nicht leer war. Hinter einem alten hölzernen Lehrerpult saß ein kleiner Mann mit rotem welligem Haar und einer schockierenden Anzahl über das ganze Gesicht verteilter Sommersprossen. Noch schockierender war jedoch die Pistole in seiner Hand. Sie war auf mich gerichtet.

„Oh, Verzeihung", sagte ich und wich einen Schritt zurück. „Ich wußte nicht, daß jemand zu Hause ist."

„Wer sind Sie?" fragte er näselnd mit herrischem Ton.

Hätte ich schneller gedacht, hätte ich gelogen, aber mein Gehirn schien sich kurzfristig verabschiedet zu haben. „Cassidy James, Privatdetektivin", sagte ich, zog meinen Ausweis aus der Tasche und hielt ihn hoch. Als wäre das wichtig, dachte ich. „Ich suche Reverend Love."

„Hätten Sie nicht anklopfen können?" fragte er. Seine Stimme klang weinerlich, aber auch gebieterisch. Er senkte die Pistole, steckte sie aber nicht weg, wie ich bemerkte. Er legte sie auf die Tischplatte neben den Computer, an dem er gearbeitet hatte, behielt jedoch den Griff fest in der Hand.

„Eine schlechte Angewohnheit", sagte ich. „Die Leute hier in der Gegend sperren ihre Türen nie ab. Ich wollte dem Reverend nur eine kurze Nachricht übergeben. Wissen Sie, wo er ist?" Dieser wichtigtuerische Dummkopf war mit Sicherheit nicht der Reverend. Andernfalls säße ich wirklich in der Patsche. Ich war auf eine Begegnung mit dem Reverend noch nicht vorbereitet.

„Er ist weg", sagte er. „Soll ich ihm etwas ausrichten?"

„Ja, vielleicht", sagte ich. „Und wer sind Sie, wenn ich fragen darf?"

Er schürzte die Lippen und erwog die Fürs und Widers einer so schwerwiegenden Information. Schließlich überwogen wohl die Fürs, denn er schwang auf dem Lehrerstuhl herum und stand auf.

„Ich bin der Buchhalter des Reverend", sagte er. „Herman Hugh Pittman." Wenn er „Der Dritte" hinzugefügt hätte, wäre ich nicht überrascht gewesen. Wer so sadistisch war, ein Kind Herman Hugh zu nennen, hatte wahrscheinlich eine lange Ahnenreihe.

„Nun, es war wirklich sehr nett, mit Ihnen zu plaudern, Herman Hugh", sagte ich und verdrückte mich durch die Tür. „Es tut mir leid, daß ich Sie erschreckt habe. Wenn ich gewußt hätte, daß Sie hier sind, hätte ich geklopft." Ich hoffte, diese Unlogik würde ihn eine Weile beschäftigen, so daß ich entwischen konnte, aber der tückische Zwerg ließ nicht von mir ab.

„Was soll ich dem Reverend ausrichten?" fragte er und trat näher. Er war zwar nur ein schmächtiger Mann, aber seine hellen blauen Augen erschienen mir bedrohlich.

„Sagen Sie ihm, daß morgen viele Leute in die Kirche kommen werden", improvisierte ich. „Vielleicht sollte er ein paar Stühle mehr aufstellen. Ich habe gehört, daß sich viele Menschen auf den Weg machen."

Ich lächelte mein unschuldigstes Lächeln und winkte zum Abschied. Erst wurden seine Augen schmal, dann auf meine Worte hin ganz groß. Ich ging und überließ ihn seinen Überlegungen, ob ich nun Freund oder Feind war. Ich selbst hatte nicht den geringsten Zweifel. Herman Hugh und ich würden niemals Freunde sein.

7

Den Rest des Samstagnachmittags verbrachte ich damit, über Mittel und Wege nachzudenken, wie ich meinen Verdacht in bezug auf den guten Pfarrer beweisen könnte, ohne daß mir etwas einfiel. Nun saß ich in Marthas Wohnung und sah aus dem riesigen Panoramafenster auf den Hafen von Kings Harbor. Schleppkähne und Fischerboote tanzten auf dem unruhigen Wasser, während Pelikane und Möwen ihre Flugkünste vorführten. Sie brachte mir ein Glas Wein, setzte sich neben Tina aufs Sofa und legte den Arm um Tinas Schultern. Sie passen zusammen, dachte ich zum hundertstenmal. Marthas cremefarbene gegen Tinas kaffeebraune Haut. Sie hatten sich herausgeputzt, Martha hatte sogar etwas Rouge aufgelegt. Es war nicht zu übersehen, Martha war verknallt.

Ich hatte ihnen von meinen Nachforschungen erzählt, auch wie ich auf Herman Hugh gestoßen war.

„Irgendwie komisch, daß der Buchhalter eines Reverend eine Pistole bei sich hat", sagte Tina stirnrunzelnd.

„Irgendwie komisch, daß ein Pfarrer in dieser Gegend überhaupt einen Buchhalter braucht", fügte Martha hinzu und nippte an ihrem Wein.

„So was habe ich mir auch gedacht", sagte ich. „Vielleicht scheffelt er Geld, aber für das Aufmöbeln der Kirche gibt er wohl nichts aus. Sie sieht schlimmer aus als damals bei den Methodisten."

„Was für eine Religion vertritt er denn?" fragte Tina. Sie beugte sich vor, nahm einen Cracker mit Käse und fütterte Martha damit. Sie ist unglaublich sexy, dachte ich. Großgewachsen und sinnlich, die Bewegungen graziös und fließend. Bei weitem Marthas beste Eroberung. Ich hoffte nur, die Sache würde halten. Bis jetzt hatte die Beziehung schon Marthas bisherigen Rekord von neun Monaten gebrochen. Wer weiß? Vielleicht kam Martha, die berühmte lesbische Herzensbrecherin, endlich zur Ruhe?

„Das scheint niemand genau zu wissen", sagte ich. „Auf der Markise draußen steht etwas von marschieren in der Armee der Liebe. Klingt mir nicht allzu biblisch, kommt aber vielleicht in Cedar Hills prima an. Ich habe vor, den morgigen Gottesdienst zu besuchen und mir den guten Reverend anzusehen."

„Ich will sehen, was ich über Loveland herausfinden kann", sagte Martha. „Vor Montag komme ich allerdings nicht dazu." Sie blickte Tina liebevoll an, beugte sich zu ihr und küßte sie. Es war nett anzusehen. Nur daß es mich an Erica erinnerte, was wiederum Reaktionen in meinem Körper auslöste, die mir noch immer peinlich waren. Und mich traurig machten. Ich hatte schon drei Wochen nichts mehr von Erica gehört. Diese Zimzicke. Ich könnte sie natürlich anrufen, aber aus dem einen oder anderen Grund klappte das nie. Sie war immer gerade mit einem Fuß schon aus der Tür, kam eben aus der Dusche oder schlief oder sonst was. Besser, sie riefe mich an. Eigentlich gefiel mir die Rolle der kleinen Frau, die daheim neben dem Telefon sitzt, überhaupt nicht. Wenn ich ehrlich war, brachte mich Erica langsam auf die Palme. Trotzdem, wenn ich mich erinnerte, wie es war, sie zu küssen, ihre samtige Haut zu berühren, verrauchte meine Wut sofort.

Glücklicherweise rettete mich die Türglocke vor weiteren Torturen. Meine zufällige Begleiterin war da.

Martha führte Cindy herein und stellte sie mir vor. Sie war hübsch, lebhaft und nicht mein Typ. Das machte Cindy jedoch überhaupt nichts aus, denn sie erwähnte ihre Geliebte Roberta ungefähr alle fünf Sekunden. Zumindest diesmal hatte Martha offensichtlich die Wahrheit gesagt. Sie wollte mich diesmal nicht verkuppeln. Sie brauchte nur eine, die die Eintrittskarte zum Tanzabend benutzte. Aus irgendeinem Grund deprimierte mich das.

Wir stiegen alle vier in Marthas Ford Explorer und hörten auf dem Weg zum Regency Inn, das ein wenig versteckt in einem Vorort lag, Cindys ununterbrochenem Geplauder zu. Kings Harbor ist eine ziemlich konservative Stadt, bekannt für eine Fabrik zur Verarbeitung von Myrthenholz und die Fischindustrie. Wohl kaum eine Stadt, in der man ein paar hundert Lesben vermuten würde, die sich zu einer Tanzveranstaltung zusammengefunden hatten. Doch das Regency war so weit von der Stadt entfernt, daß die Allgemeinheit wahrscheinlich gar nichts davon mitbekam.

Draußen standen die Frauen Schlange. Halbe Kinder und Fossilien in jeder Art von Aufzug standen allein, zu zweit, zu dritt oder in Gruppen beisammen, hielten die Eintrittskarten in der Hand und warteten darauf, zum Eingang vorzudringen.

„Das sind alles Lesben?" fragte ich und sah mich ehrfurchtsvoll um. „In Kings Harbor?"

Martha lachte und drückte Tinas Hand, als wir uns der Menge anschlossen. „Es sind alles Lesben, aber nicht alle aus Kings Harbor. Women On Top sponsert jeden Monat ein Abendessen mit Tanz, jeweils in einer anderen Stadt.

Letzten Monat war es in Eugene, davor in Ashland. Viele reisen zu jeder Veranstaltung, weil sie wie kleine Ferien sind. Andere gehen nur zu denen, die in der Nähe stattfinden. Aber es ist eine prima Art, Leute kennenzulernen. Wie gefällt es dir?"

Ich wunderte mich immer noch über die Masse Frauen. In Röcken, Hosenanzügen, Jeans, hohen Absätzen, Tennisschuhen, mit kahlgeschorenen Köpfen, Locken, jede Variante war da. Was mich aber wirklich beeindruckte, war, wie viele Frauen ich attraktiv fand.

Die Schlange bewegte sich schnell voran, und im Nu waren wir im riesigen Bankettsaal. Es war eine eindrucksvolle Ansammlung.

„Sind es immer so viele?" rief ich Martha zu. Die Band war bereits in voller Aktion.

„Nicht immer. Das hängt vom Wetter ab. Bleib nahe bei mir."

Sie führte uns durch die Menge, geschickt manövrierend wie eine richtige Veteranin. Ich hatte wirklich Angst, sie zu verlieren, und einmal griff Cindy zur Sicherheit nach meinen Fingern.

Endlich machte Martha einen leeren Tisch ausfindig, warf sich auf einen Stuhl und reckte die Arme siegreich in die Höhe.

„Das ist wirklich der überfüllteste Abend, den ich je erlebt habe", gab sie zu. „Liegt wohl am guten Wetter."

Martha schien jede Frau im Raum zu mustern, und ich stellte fest, daß Tinas Hand unter dem Tisch verschwand. Plötzlich richtete sich Marthas Blick wieder auf Tina, und ich mußte ein Lachen unterdrücken. Bei Gott, Martha Harper, dachte ich, nun hast du wohl endlich deine Meisterin gefunden.

„Wie kommen wir zu einem Drink?" fragte Cindy und sah sich um. Das hatte ich mich, ehrlich gesagt, auch schon gefragt.

„Meist gibt es Kellnerinnen. Sicher kommt gleich eine vorbei. Oder du gehst selbst an die Bar", sagte Martha. Sie deutete auf die Theke am anderen Ende des Raums, wo sich Dutzende von Frauen drängten. Cindy fing wieder an zu plappern, und ich erbot mich, die Drinks zu holen.

„Hör mal", sagte ich zu Martha. „Ihr bleibt hier sitzen, und wenn die Kellnerin kommt, bestellt ihr mir einen Chardonnay. Ich gehe inzwischen an die Bar und hole uns eine Runde. Wer die Drinks zuerst hat, bekommt eine Runde spendiert."

Marthas Augen blitzten. Sie liebte Wetten. Ich war noch nicht vom Stuhl aufgestanden, da winkte sie schon wie verrückt nach einer Kellnerin am anderen Ende des Saals.

Die Bar war L-förmig, billige Spanplatten mit imitiertem Walnußholzfurnier. Hinter der Bar tummelten sich ein halbes Dutzend Frauen, die Bestellungen zu erledigen, und nahmen sich kaum Zeit zum Flirten. Es schien sechs oder sieben verschiedene Schlangen zu geben. Ich wählte die, die mir am kürzesten schien, merkte aber schnell, daß es bei allen anderen Reihen rascher voranging. Ich sah Martha schon munter meinen Wein schlürfen.

Hinter mir gab es ein Durcheinander, und ich hörte, wie jemand auf eine andere Frau fiel, die wiederum auf mich fiel. Bevor ich mich fassen konnte, wurde ich auf die Frau, die vor mir stand, geschubst. Es war nicht sehr heftig, aber wir verloren beide das Gleichgewicht.

„Tut mir wirklich leid", sagte ich zu ihrem Rücken. „Ist Ihnen was passiert?"

Sie drehte sich um, ihre großen grünen Augen blickten

vergnügt. „Das erinnert mich an ein Verbindungsfest", sagte sie und strich sich das dunkle Lockenhaar aus der Stirn. „Ich ging nur auf ein einziges Fest, aber das war mehr als genug. Zumindest hat mich bisher niemand hier zum Ex-Trinken aufgefordert."

Ich merkte, daß mir diese kurze erfrischende Begegnung Spaß machte. „Ich nehme an, Sie gehen nicht zu vielen Tanzabenden?" sagte ich und ordnete mein Haar.

„Das ist mein erster", sagte sie und rückte ein Stückchen näher an die Bar. „Ich bin das Opfer der Hartnäckigkeit einer Freundin, die mich unbedingt mitschleppen mußte."

„Ach, Sie auch?" sagte ich lachend. „Ich wurde so lange bedrängt, bis ich einwilligte. Aber ich muß zugeben, es ist anders, als ich dachte." Sie hatte sich zu mir umgedreht, als die Schlange sich vorwärtsbewegte, berührte ich leicht ihren Arm und machte sie darauf aufmerksam.

„Mir geht es auch so", sagte sie. „Als ich das letztemal in einer Lesbenbar war, spielten sie Diskomusik. Verraten Sie es nicht, aber insgeheim mag ich Disko."

„Ich habe gehört, daß es wieder in Mode kommt. Obwohl es klingt, als würden wir heute eine kräftige Dosis reine Countrymusik verpaßt bekommen."

Sie war etwa Anfang vierzig und sah gestanden aus, als hätte sie einiges durchgemacht und überlebt. Sie ist verdammt attraktiv, dachte ich. Ihre Haut war sonnengebräunt, was in Oregon schwer zu erreichen ist. Vielleicht war sie viel im Freien, überlegte ich und bemerkte den Kontrast zwischen weißen Zähnen und dunklem Teint, wenn sie lächelte. Und ihre Augen waren von dunklem Meerwassergrün. Ich ertappte mich, daß ich sie anstarrte, und fühlte meine Wangen erröten.

„Wissen Sie was?" sagte ich. „Wenn die Band von Country zu Disko wechselt, suche ich Sie. Ich zeige Ihnen meine besten John Travolta-Figuren."

„Tun Sie das", sagte sie und hielt meinem Blick stand, bevor sie sich zur Barkeeperin umdrehte. Ich stand da und berührte praktisch ihr Hinterteil, während sie auf ihren Drink wartete. Mir fiel einfach nichts mehr ein, ich wollte aber das Gespräch unbedingt fortsetzen. Als schließlich ihr Wein kam, drehte sie sich um, und wir standen uns gegenüber, ganz nah.

Ihre grünen Augen bohrten sich in meine, und ich fühlte ein heftiges Ziehen tief in meiner Mitte. Die Leute in der Schlange fingen an zu murren, und die Frau hinter mir gab mir einen sanften Schubs.

„Vielleicht sehen wir uns später wieder?" sagte sie, und auch ihre Wangen schienen sich zu röten.

„Ich hoffe es." Meine Stimme krächzte, ich bemerkte es selbst. Weiß der Himmel, was ich bestellte. Als ich schließlich an unseren Tisch zurückkam, war die erste Runde nicht nur serviert, sondern bereits fast getrunken. Ich konnte jedoch nur an die dunkelhaarige Frau mit den grünen Augen und dem lockeren Lächeln denken. Unwillkürlich reckte ich den Hals und hielt Ausschau nach ihr.

„Ich gäbe was dafür, wenn ich jetzt deine Gedanken lesen könnte", sagte Martha und nippte an ihrem Wein. Schuldbewußte Röte überzog mich, und Martha lachte.

„Oho!" sagte sie. „Ich kenne diesen Blick. Du mußt mir nichts sagen. Du hast eine Frau kennengelernt."

„Oh, Martha", sagte ich und rollte die Augen. Ich wußte selbst, daß ich nicht allzu überzeugend war.

„Nun, wo ist sie?" drängte sie.

„Sie ist ein Produkt deiner Phantasie", sagte ich. Oder

der meinen, dachte ich. Aber ich sah mich nicht weiter um, denn Martha sollte mich nicht dabei erwischen.

Das Abendessen stellte sich als kaltes Büffet heraus, war aber recht gut. Trotz der Menschenmassen gab es genug für alle. Als wir mit dem Essen fertig waren, wurde der allerneueste Country-Ringelpietz, wie sie es nannten, angesagt. Die Frau am Mikrophon sprach begeistert, aber die Anweisungen schienen mir höchst kompliziert. Martha sagte, wir sollten ihr nur vertrauen, es würde schon klappen, und die ganze Sache klang ja auch wirklich irgendwie lustig. Alle machten mit und stellten sich in zwei Reihen einander gegenüber auf.

„Du tanzt zuerst mit der Frau dir gegenüber", erklärte Martha, als wir uns einreihten. „Dann wechselt ihr die Plätze, und du tanzt mit der Frau schräg links gegenüber, wechselst die Plätze, tanzt mit der Frau diagonal gegenüber, ihr wechselt die Plätze und dann wieder mit der Frau direkt gegenüber. Auf diese Weise wechselt ständig die Partnerin, und wenn die DeeJee die Anweisung gibt, drei Plätze weiter nach rechts oder links zu gehen, werden wir noch mehr durcheinandergemischt."

Ich sah Martha an, als hätte sie Suaheli gesprochen, aber Tina zwinkerte mir aufmunternd zu, und sogar Cindy schien freudig dabeizusein. Der Gedanke, daß ich nicht den ganzen Abend auf Cindy als Tänzerin angewiesen sein würde, munterte mich auf, also stellte ich mich zu den anderen in die Reihe und wartete auf den Einsatz.

Die Musik war eindeutig Country, aber munter und irgendwie mitreißend. Die DeeJee beschrieb die ersten Schritte, und alles lachte über die eigenen Fehler. Ich trat meiner ersten Partnerin auf die Zehen, meine zweite Partnerin stieß mich in die Rippen, aber dann kamen wir ganz gut rein. Ich bin keine schlechte Tänzerin, wenn ich nicht nervös oder gehemmt bin. Nach ein paar Gläsern Wein bin ich meist am besten. Als wir die erste Runde hinter uns hatten, bewegte ich mich ganz unbefangen und amüsierte mich köstlich.

Die Frauen, die ich nacheinander in den Arm nahm, waren so unterschiedlich wie nur möglich. In der einen Minute wurde ich von einer silberhaarigen Siebzigjährigen geführt, die mich geschickt in Kreisen umtanzte, in der nächsten führte ich eine attraktive Frau in den Zwanzigern, die mindestens drei Füße zu haben schien, allesamt linke. Die bei weitem beste Tänzerin war eine übergewichtige Blondine, deren Augen vor reiner Freude am Tanzen funkelten. Sie lachte, als sie mich herumwirbelte, und ihre Ponyfransen waren feucht verschwitzt. Ich ließ sie ungern ziehen. Ich war ganz in den Tanz vertieft, als ich aufsah und mich der dunkelhaarigen grünäugigen Frau gegenübersah. Ich fühlte einen Stoß in der Magengrube, und meine Füße wurden schwer wie Blei.

Alle anderen fingen zu tanzen an, und sie streckte mir lächelnd die Hände entgegen. Mein Hirn ließ mich völlig im Stich, aber meine Füße reagierten trotzdem irgendwie. Ich glitt ganz leicht in ihre Umarmung, als wären wir ein Eistanzpaar und blickten uns unverwandt an, als wir einander im Kreis drehten. Wir machten die gleichen Schritte wie mit allen anderen Partnerinnen, aber diesmal waren sie irgendwie anders.

Sie sagte mir etwas ins Ohr, ich erkannte das Wort *Disko*, aber die Musik war zu laut, den Rest verstand ich nicht. Doch das Gefühl ihrer Lippen so nah an meinem Ohr, das Gefühl ihres warmen Atems an meinem Hals ließ mich bis zu den Zehen erschaudern. Bevor ich sie bitten konnte, das Gesagte zu wiederholen, war es Zeit für einen Wechsel der Partnerin. Wir hatten beim Tanzen die Augen kaum voneinander gelassen, und als wir uns nun den neuen Partnerinnen zuwandten, hielten wir immer noch Blickkontakt. Wir lächelten nicht. Im Lauf eines kurzen Tanzes war es ernst geworden.

Als der Tanz zu Ende war, konnte ich sie nirgends sehen. Ich drängte mich durch die Menge und verdrehte den Hals nach ihr, aber es waren einfach zu viele Frauen. Dafür fand mich Martha, die den Arm schützend um Tina gelegt und Cindy im Schlepptau hatte.

„Ich habe Roberta versprochen, Cindy vor Mitternacht heimzubringen", bemerkte sie. Ihr Blick sagte mir, daß es Tina war, die sie unbedingt vor Mitternacht heimbringen wollte. Ich warf einen letzten schnellen Blick in die Runde, aber die lockenhaarige Frau mit dem dunklen Teint und den grünen Augen war nirgends in Sicht.

Ich hätte mich in den Hintern beißen können, daß ich nicht nach ihrem Namen gefragt hatte. Frauen aus dem ganzen Bundesland waren hier, und die Chancen, sie wiederzusehen, standen ziemlich schlecht. Aber es war so schnell gegangen, sagte ich mir. Und ich hatte nicht damit gerechnet, einer zu begegnen, die mich so sehr interessierte. Seit der Begegnung mit Erica hatte ich kein so plötzliches und heftiges Begehren mehr gespürt. Mit einigem Schuldgefühl stellte ich fest, daß ich den ganzen Abend über nicht einmal an Erica Trinidad gedacht hatte.

„Es hat dir wohl gründlich die Sprache verschlagen", sagte Martha, als wir in ihre Einfahrt bogen. „War sie wenigstens süß?"

Ich lachte über ihre Hartnäckigkeit. „Ja", sagte ich. „Ja, das war sie."

„Hast du ihre Telefonnummer?" fragte Martha, die mich zu meinem Cherokee begleitete. Ich rief Tina und Cindy, die ins Haus zur Toilette rannten, einen Abschiedsgruß nach.

„Wenn ich nur daran gedacht hätte." Ich gab Martha einen Kuß auf die Wange. „Es war wirklich sehr schön, Martha. Vielen Dank."

„Nun, du kannst nicht für immer in Winterschlaf versinken und darauf warten, daß sich die wunderbare Ms. Trinidad an deine Existenz erinnert. Höchste Zeit, daß du dem Rest der Lesbenpopulation wieder eine Chance gibst." Sie berührte meine Wange, und ihre großen braunen Augen sahen mich mit einem Große-Schwester-Blick an, der sagte, sie würde nie zulassen, daß mir etwas zustößt. Ich drückte ihre Hand und zeigte damit, daß ich um sie auch besorgt war. Dann fuhr ich aus ihrer Einfahrt heraus, zurück zu meinem Haus am See.

In dieser Nacht, nachdem ich die Begegnung mit dieser Frau hundertmal durchgespielt hatte, geschah etwas Eigenartiges. Ich fing an, im Geist die meergrünen Augen mit Ericas durchdringenden blauen Augen zu vermischen. Das Bild von Ericas Gesicht legte sich über das der lockenhaarigen Frau, so daß ich mir, als ich schließlich ins Bett kroch, weder das eine noch das andere Bild klar vorstellen konnte. Je heftiger ich es versuchte, desto schlimmer wurde das Problem. Schließlich schlief ich ein und küßte im Geist eine Frau, die keine von beiden war, sondern zwei Frauen in einer verschmolzen.

8

Der Sonntagmorgen war bedeckt und der See ruhig und glatt. Ich frühstückte mit geräuchertem Lachs, reichlich Sahnequark und frischem Dill auf getoastetem Brötchen. Ich trank Orangensaft und Kaffee, während die Katzen geduldig auf ein herabfallendes Fitzelchen Lachs warteten. Das war unser Spiel. Ich gab ihnen nie direkt von meinem Essen ab, sondern tat, als ließe ich aus Versehen etwas vom Tisch fallen. Ich glaube, sie wußten, daß es mit Absicht geschah, aber sie mochten das Spiel so gern wie ich. Sie verschlangen den Rest Lachs, während ich mir Notizen für meine Nachforschungen machte.

Irgendwann in der Nacht war aus meinem Traum von ziemlich lustvollem Geschmuse mit zwei Frauen, das in mir wiederholt erdbebengleiche Orgasmen auslöste, eine nüchternere Szene geworden, in der ein rothaariger tückischer Zwerg eine Pistole auf mich richtete und mich Rotzgöre nannte. Ich wachte lachend auf, und dann, in den Stunden vor der Morgendämmerung, fing ich an, die Motive zu erahnen, die hinter Reverend Loves Erpressungen standen. Ich hielt ihn für den Täter und hatte eine ziemlich klare Vorstellung davon, was ihn zu diesen Verbrechen veranlaßt haben mochte. So saß ich also an meinem Tisch, trank Kaffee und skizzierte einen Plan. Als ich auf die Uhr sah, war es beinahe zehn, und wenn ich mich nicht beeilte, käme ich zu spät zum Sonntagsgottesdienst.

Die vor der Kirche versammelte Menschenmenge erinnerte mich an den Frauentanzabend von gestern. Aber was für ein Unterschied! Cedar Hills ziemlich verschiedenartige Bevölkerung war massenhaft erschienen. Alle waren fein herausgeputzt und genossen offensichtlich diesen, wie ich annahm, für die meisten doch seltenen Kirchgang. Mein täglicher Spaziergang hatte mich so manchen Sonntagmorgen an der Kirche vorbeigeführt, aber mehr als ein Dutzend Leute hatte ich nie vor der Tür gesehen. Hätte ich nicht über Booker von Buddys neuer Freundin gewußt, hätte ich wahrscheinlich geglaubt, es wäre Reverend Love in den wenigen Monaten seiner Amtszeit gelungen, die ganze Stadt zu bekehren. Aber als ich die wogende Menge ansah, hatte ich den Verdacht, daß die meisten doch wegen Buddy gekommen waren.

Gus Townsend war da, mit Frau und drei Kindern. Er sah mit Krawatte und engem Jackett sehr unglücklich aus; seine Augen waren gerötet, ich nahm an, daß er gestern abend die meiste Zeit in der Loggers Tavern zugebracht hatte. Lizzie, die Besitzerin des Lokals, war auch da und sah in blauem Blazer und dazu passender Hose ganz beachtlich aus. Sie grinste mich an und kam auf mich zu.

„Na so was, Cassidy James! Daß Sie in die Kirche gehen, hätte ich nie erwartet!" sagte sie augenzwinkernd, und ihr großer Mund lachte dabei.

„Ich von Ihnen auch nicht!" gab ich zurück. Ich hatte oft gedacht, Lizzie wäre mit einer Frauenbar glücklicher, war mir aber nie sicher. Sie hielt ihr Privatleben extrem bedeckt, ein eigentlich unmögliches Unterfangen in Cedar Hills, wie Rick und Towne unlängst erfahren hatten.

„Seid ihr Mädchen hier, um eure Seelen zu retten oder weil ihr wie alle anderen sehen wollt, wen Buddy Drake anbringt?" fragte Sheriff Booker und kam zu uns auf den Rasen. Er trug eine Schmuckschnur nach Cowboyart um den Hals, und seine Cowboystiefel waren auf Hochglanz poliert. Wie immer sah er mit seinem flatternden Silberhaar wie ein Filmstar aus. Jess Martin entdeckte uns und kam herüber. Er sah etwas verschüchtert aus. Als Buddys guter Freund konnte er dennoch nicht der Versuchung widerstehen, herauszufinden, wer Buddys neueste Flamme war. Abgesehen davon vermutete ich angesichts der Geldtransaktionen, die unter den Bäumen vor der Kirche stattfanden, daß die halbe Stadt Wetten darüber abschloß, wer sich als die Glückliche herausstellen würde.

„Ich frage mich nur, was sich der neue Reverend denkt, wenn er all diese Leute sieht", sagte ich. „Kennt ihn eigentlich jemand?"

Sheriff Booker warf mir einen spöttischen Blick zu und zog unmerklich eine Augenbraue in die Höhe, aber Lizzie antwortete bereitwillig.

„Er ist ein komischer Kauz, wenn Sie mich fragen. Irgendwie überheblich. Redet, als wäre er Gottvater persönlich. Macht viel Wind, von wegen, er liebt kleine Kinder, aber die ziehen sich vor ihm zurück, so schnell sie können. Ich habe ihn durch das Fenster meines Lokals beobachtet. Er hängt mit seinem kleinen Freund herum, der gegenüber auf dem Postamt arbeitet, drückt den Leuten, die vorbeigehen, die Hand, lädt sie in die Kirche ein und was nicht alles. Aber wie gesagt, Kinder scheinen etwas zu spüren, was wir nicht wissen, und auf die Intuition eines Kindes würde ich jederzeit Geld wetten."

Lizzie brüstete sich sonst, keine Klatschtante zu sein, und ich wunderte mich über die plötzliche Veränderung.

Jess nickte. Sein langer Pferdeschwanz war noch naß

vom Duschen. „Du hast recht, Lizzie. Irgend etwas stört mich an dem Kerl. Er war kürzlich in der Eisenwarenhandlung und horchte Joe nach Informationen über die Leute am See aus. Ich suchte nach einem Sägeblatt und bückte mich dabei, so daß er mich nicht sehen konnte. Er hörte gar nicht mehr auf und stellte allerhand eigenartige Fragen über Dinge, die ihn nichts angehen."

„Zum Beispiel?" fragten Booker und ich gleichzeitig.

„Oh, er wollte zum einen wissen, ob viele Leute hier Waffen haben. Er interessierte sich intensiv für die politische Einstellung der Leute. Ob sie konservativ oder liberal sind, Republikaner oder Demokraten. Er selbst sei ein Unabhängiger. Er traue der Regierung nicht, die sei von Juden unterwandert, um die Nigger zu beschwichtigen. Genauso hat er es gesagt. Ich finde, er klang gar nicht wie ein Geistlicher."

Jess machte eine Pause, um sich eine Zigarette anzuzünden, und fuhr dann fort: „Der alte Joe stimmte ihm halbherzig zu, und das schien ihn anzustacheln. Er hört sich selbst anscheinend gern reden und war so richtig in Fahrt. Sobald jemand in den Laden kam, wechselte er das Thema und ließ Joe bedienen. Kaum war die Kundschaft weg, fing er wieder an. Schließlich bekam ich einen Krampf in den Beinen von der Hocke, ich stand also auf und ging direkt auf ihn zu. Ihr hättet sein Gesicht sehen sollen, als er mich sah. Eine Sekunde lang blickte er erschrocken, dann wurde er ganz jovial, schüttelte mir die Hand, lud mich in die Kirche ein und so weiter. Dem alten Joe war das Ganze überaus peinlich. Er hatte wohl vergessen, daß ich noch da war. Jedenfalls ist der Kerl ein widerlicher Schnüffler."

„Und selbstgerecht dazu", sagte ich.

„Klingt mir nicht wie ein richtiger Geistlicher", fügte Booker hinzu und strich sich gedankenvoll den Schnäuzer. „Hat jemand schon eine Predigt von ihm gehört?"

„Ed Beechcomb war letzten Sonntag in der Kirche", sagte Lizzie. „Sie können ihn fragen. Ich glaube, er und Al Morris haben sich zu einem dieser Männereinkehrtage angemeldet." Lizzie verdrehte die Augen.

„Was für Männereinkehrtage?" fragte ich.

„Da oben, auf dem Berg, nehme ich an. So was wie Selbsterfahrung für Männer. Die Kerle sollen Verbindung zu ihren Gefühlen aufnehmen und solcher Quatsch. Das hat mir zumindest Ed erzählt. Ich persönlich wäre nicht überrascht, so wie er sich verhielt, daß sie da oben zusammenkommen, um die ganze Nacht Pornofilme zu sehen und Poker zu spielen."

„Nun, es kann ja interessant werden zu erfahren, was für eine Botschaft er uns heute verkündet", sagte Booker.

Die Leute fingen an, der Reihe nach reinzugehen, aber viele blieben noch draußen, um Buddy Drake kommen zu sehen. Als die Orgel einsetzte und er immer noch nicht da war, gaben wir auf und strebten auch hinein. Andere verdrückten sich einfach, weil sie keine Lust hatten, sich die Sonntagspredigt anzuhören. Die Kirche war gesteckt voller Leute, die jedesmal die Hälse verdrehten, wenn jemand hereinkam. Es wurde soviel geflüstert, daß die Musik aus der alten Pfeifenorgel in der Ecke fast übertönt wurde. Sogar Phoebe Stills, die Organistin, sah immer wieder zur Tür, während sie eine peppige Version von „Rock of Ages" hämmerte.

Herman Hugh hatte sich meine Worte offensichtlich zu Herzen genommen, denn im Mittelgang und an der Rückwand waren extra Metallklappstühle aufgestellt. Sie waren bereits alle besetzt, aber in der ersten Bankreihe, in der niemand sitzen wollte, war noch viel Platz. Wir vier drückten uns hinter die Klappstühle und standen mit dem Rücken an der Wand neben der Tür.

„Das ist er!" flüsterte Lizzie und kniff mich in den Arm. „Der auf der Post arbeitet!" Sie zeigte auf den Jungen, der die Kerzen unter der hölzernen Christusfigur anzündete, und als er sich umdrehte, bemerkte ich erschrocken, daß er gar kein Junge war. Es war Herman Hugh. Er trug ein weißes wallendes Gewand mit kleinen Troddeln am Kragen, und sein rotes Haar glühte, als hätte er es angezündet. Die Sommersprossen auf seinem Gesicht stachen wie bösartige Male aus seinem Gesicht, und selbst von hinten konnte ich sehen, wie er seine Lippen zu einer Art überlegenem Grinsen verzog. Herman Hugh mochte wie ein Engel gekleidet sein, aber es war nichts Engelgleiches an ihm.

„Was tut er denn auf dem Postamt?" fragte ich.

„Keine Ahnung", sagte Lizzie. „Er arbeitet dort, seit John McIntyre weg ist. Der hat beim Sortieren und Bündeln geholfen, und das wird Hugh wohl auch tun. Ich nehme an, daß er Erfahrung hat mit Postarbeit und eben zur rechten Zeit am richtigen Platz gewesen ist. Er ist erst seit drei Monaten da."

„Ungefähr so lange, wie Reverend Love in der Stadt ist", sagte ich. Und etwa so lange, wie die Leute von Cedar Ridge mit der Post erpresserische Drohungen bekommen. Zu viele Hinweise darauf, zur rechten Zeit am richtigen Platz gewesen zu sein, für meinen Geschmack.

Plötzlich wurde die Menge still, und die Orgel hörte zu spielen auf. Von links betrat ein hochgewachsener Mann in schwarzer Robe mit großen Schritten den Raum. Sein

Gesicht war markant, mit hoher, hervortretender Stirn, die von seinem schwarzen, streng nach hinten gekämmten Haar noch betont wurde. Tief in seinem blassen Gesicht lagen dunkle, grüblerische Augen. Er hatte ein gequältes dünnes Lächeln aufgesetzt. Ich konnte nicht verhindern, daß mir ein Schauer über den Rücken lief.

„Der Herr hat uns heute gesegnet." Seine Stimme dröhnte gebieterisch. „Er hat mich zu Euch gesandt, und Ihr seid zu mir gekommen. Gemeinsam werden wir uns der Armee der Liebe anschließen und unserer Erlösung entgegenmarschieren."

Ich sah mich um. Niemand bewegte sich. Niemand kratzte sich an der Nase oder schlug die Beine übereinander. Dieser Mann besaß zweifellos Ausstrahlung.

„Hier sitzen einige Menschen, die nicht glauben. Ich weiß das. Einige sind aus Neugier gekommen." Er machte eine Pause, aber niemand kicherte, obwohl alle Anwesenden an das dachten, woran auch ich dachte. Lizzie stupste mich in die Rippen, verzog aber keine Miene.

„Manche sind gekommen, weil sie von ihrer Frau gedrängt wurden. Manche kommen, weil sie das Bedürfnis haben, mit anderen zusammenzusein, manche wollen mit Gott zusammensein. Manche bezweifeln, daß es einen Gott gibt. Manche haben den Glauben an ihre Mitmenschen verloren. Manche sind ärgerlich, verstimmt, haben es satt, herumgeschubst zu werden, haben es satt, daß sich die Regierung mehr als ihren gerechten Anteil an Eurem Verdienst nimmt. Manche sind wirklich wütend. Und das mit gutem Grund. Manche machen einfach weiter und leben jeden Tag wie fromme Schäfchen, tun, was die Regierung sagt, halten sich an alle Regeln und kommen zu nichts. Jedenfalls kommt ihnen der Himmel auf

Erden nicht näher. Doch manche unter Euch, die Erwählten, Rechtschaffenen, Mutigen, werden sich der Armee der Liebe anschließen und mit mir der Erlösung entgegenmarschieren. Die Frage, die Ihr Euch stellen müßt, lautet: Zu welcher Gruppe gehöre ich?"

Während er redete, nickten einige Köpfe; seine Stimme war faszinierend, hypnotisierend. Jess blickte finster, und Bookers Augen waren schmale Schlitze. Als ich das bemerkte, fühlte ich mich ein wenig besser. Es gab aber genügend wackelnde Köpfe in der Schar der Gläubigen, was den Schluß erlaubte, daß die Botschaft des Reverend, was immer sie bedeuteten mochte, den gewünschten Effekt hatte.

Er wollte eben fortfahren, als die breiten Türen aufschwangen und Buddy Drake in voller Größe hereinschritt, fein angezogen mit einem glänzenden schwarzen Anzug, weißem gestärktem Hemd und Paisleykrawatte. Neben ihm ging eine Frau von so titanischen Ausmaßen, daß sie sich neben Buddy fast nicht durch den Mittelgang quetschen konnte. Sie trug ein türkisfarbenes Chiffonkleid, das in großen Kaskaden einen wirklich ehrfurchtgebietenden Busen bedeckte. Ich mochte nicht an den Stoffverbrauch dieses Kleides denken. Hälse wurden verrenkt, Augen aufgerissen in Unglauben, Vergnügen und Verwunderung. Buddy nickte und lächelte. Mit glühendem Gesicht schritt er den Mittelgang entlang, gefolgt von seiner gelbhaarigen Rubensfigur, direkt zur ersten Bankreihe, wo sich die beiden mit großer Selbstverständlichkeit niederließen.

Es wurde geflüstert und geschnattert, und eine gehörige Portion Geld wechselte gleich hier in der Kirche den Besitzer. Der Reverend und seine rätselhafte, irgendwie bedrohliche Predigt waren vorübergehend vergessen, und als ich aufsah, um festzustellen, wie er es ertrug, von Buddys Auftritt in den Hintergrund gedrängt zu werden, alarmierte mich sein finsterer Gesichtsausdruck.

Er blickte umher, suchte in den Gesichtern und verlangte Ruhe, aber die Leute scherten sich wie ungebärdige Schulkinder nicht darum. Sein Blick fiel auf mich, und einen schrecklichen Moment lang sahen wir uns direkt in die Augen. Dann beugte er sich hinunter und sagte etwas zu Herman Hugh, der rechts neben ihm saß, das Gesicht zur Gemeinde. Herman Hugh blickte suchend umher, bis er mich entdeckte, dann flüsterte er dem Reverend etwas zu, der nickte und fuhr fort, mich anzustarren.

Das entwickelt sich zu einem altmodischen Kampf, dachte ich, aus dem ich wohl nicht als Siegerin hervorgehen würde. Lizzie sagte etwas zu mir, und obwohl es nicht besonders lustig war, lachte ich laut und drehte mich ihr zu, als würden wir uns schon lange unterhalten.

„Los, raus hier", sagte Booker und bewegte sich Richtung Tür. Lizzie und ich folgten, Jess machte den Schluß. Ziemlich viele hatten die gleiche Idee, und bald waren auf dem Rasen vor der Kirche so viele Leute versammelt wie vor Beginn des Gottesdienstes. Ich hörte, wie der Reverend wieder die Oberhand gewann, und seine Stimme war noch herrischer als zuvor.

„Und nun wissen wir, wer von Euch zu den Erwählten gehört", dröhnte er. „Danke, kleiner Bruder, dein verspäteter Auftritt hat uns geholfen, die Schwachen aus der Armee Gottes auszusondern." Ich konnte mir lebhaft vorstellen, wie Buddy zufrieden nickte, so verliebt, daß er das verspritzte Gift gar nicht bemerkte.

„Die Bar macht erst mittags auf", sagte Lizzie. „Und

heute habe ich meinen freien Tag. Aber nach dieser Vorstellung könnte ich den einen oder anderen Schluck vertragen. Was meint ihr?"

Wir folgten Lizzie ins Lokal, das ganz in der Nähe gegenüber dem Postamt lag. Sie schloß auf, knipste die Lampen an, die den Raum nicht viel heller machten, zog die Jalousien hoch und begab sich hinter den Tresen. Jess ging zur Musikbox, steckte ein paar Münzen hinein, und bald erfüllte Softrock die Luft. Lizzie zapfte uns allen ein Bier und wies das Geld des Sheriffs zurück, als er die Runde bezahlen wollte.

„Worum ging es bei dem kleinen Wettbewerb im Anstarren?" fragte Lizzie, und ihre dunklen Augen glänzten.

Ich blickte auf und überlegte, wieviel ich erzählen sollte. Plötzlich kam mir der Gedanke, daß ich, wenn nicht diesen drei, niemandem in Cedar Hills vertrauen konnte. Auf die eine oder andere Weise waren sie mir, neben Martha, zu den besten Freunden geworden. Booker war mein Mentor und Trinkkumpan, Jess war mir wie ein Bruder, und Lizzie könnte eine gute Freundin werden, wenn sie sich nur etwas zugänglicher zeigte. Alle drei wußten, daß ich lesbisch bin, und ich hatte den Verdacht, daß nur Lizzie davon beunruhigt war. Das hielt sie ab, mir näherzukommen. Aber es war nicht meine Sexualität, die sie irritierte, dachte ich bei ihrem Anblick. Es war die ihre.

Und dann sagte ich ihnen, was ich wußte.

„Sie haben tatsächlich die Tür eingetreten, Cassidy?" fragte Booker kopfschüttelnd, seine blauen Augen strahlten vor Begeisterung. „Ich könnte Sie dafür festnehmen."

„Wonach hast du denn gesucht?" fragte Jess und rollte sich eine Zigarette.

„Zum einen wollte ich wissen, ob der Reverend einen

Computer hat. Als ich herausgefunden hatte, daß das Grundstück oben auf Cedar Ridge und drei der fünf Häuser von ihm gekauft wurden, war ich mir ziemlich sicher, daß er derjenige ist, der die Leute erpreßt, denen die letzten beiden Häuser gehören. Und tatsächlich stand im Gemeindebüro ein Computer."

„Heutzutage haben viele einen PC", meinte Booker.

„Aber nicht jeder hat eine Pistole in der Schreibtischschublade", bemerkte Lizzie.

„Es gibt noch etwas", sagte ich. „Ich kann nicht in die Details gehen, aber einer der Erpressungsfälle stellte mich vor ein Rätsel, bis Lizzie erwähnte, daß Herman Hugh im Postamt arbeitet. Die Erpresser verfügten über Informationen, die absolut niemand haben konnte, versteht ihr. Eines schönen Tages bekommt meine Klientin einen Brief, in dem ein bestimmtes Ereignis beschrieben wird, von dem nur sie und der Absender wissen, und zack, zwei Wochen später bekommt sie einen weiteren Brief, in dem ihr gedroht wird, genau diese Information öffentlich zu machen, wenn sie nicht die Stadt verläßt. Sie konnte sich nicht denken, wie jemand an diese Information gekommen war. Sie hatte den Brief sofort verbrannt. Ich glaube, daß dieser kleine Herman Hugh, der drüben im Postamt arbeitet, systematisch die Post der Leute durchgeht, die am Cedar Ridge wohnen. Auf irgendeine Weise liest er ihre Briefe, klebt sie wieder zu und schickt sie weiter. Herman Hugh und Reverend Love erfahren die Geheimnisse der Leute durch ihre Post."

Lizzie stand auf und füllte unsere Gläser nach. Jess hatte seine Zigarette bis zu den Fingern heruntergeraucht und fing an, sich eine neue zu rollen.

„Unkorrektheiten mit der Post sind Offizialdelikte",

sagte Booker. „Darauf stehen hohe Strafen. Ich frage mich, ob einer der beiden Spaßvögel im Gefängnis gesessen hat. Das werde ich heute nachmittag überprüfen."

„Aber was in der Welt wollen sie mit Cedar Ridge?" fragte Lizzie.

„Da liegt der Hund begraben", sagte Booker und schlürfte sein Bier.

„Wohl wegen der Bäume", sagte ich und dachte an das, was Susie Popps mir gesagt hatte. „Cedar Ridge ist der einzige Ort, wo noch alte Zedern stehen. Ich frage mich, wieviel so ein Baum wert ist?"

„Jackson Cromwell hat ein paar Hektar Wald verkauft und bekam zweitausend Dollar pro dreihundert Festmeter Holz", sagte Jess. „Und das bringt ein einziger kleiner Baum. Manche Bäume da oben sind aber drei bis viermal so groß, an die fünfzig Meter hoch. Es muß Hunderte davon geben, vielleicht Tausende."

„Außerdem", fügte Booker hinzu, „bin ich sicher, daß einige Douglasfichten da oben rund vierhundert Dollar pro hundert Festmeter einbringen. Und es würde mich gar nicht wundern, wenn da oben noch einige dieser Port Orford-Zedern stünden. Die sind heute fast ausgestorben. Wurden alle abgeholzt. Aber angesichts der Tatsache, daß dieser Bergrücken nie angerührt wurde, ist es leicht möglich, daß da noch welche sind."

„Was ist an einer Port Orford-Zeder so besonders?" fragte ich. Sie drehten sich zu mir und sahen mich an, als sei ich plemplem.

„Port Orford-Zedern werden von den Japanern für ihre Tempelbauten verwendet", erklärte Jess. „Ein Stamm bringt etwa sechzigtausend Dollar ein."

Ich ließ die Riesensumme auf mich wirken.

„Kein Wunder, daß keine mehr da sind", sagte ich schließlich. „Ich bin überrascht, daß bis heute niemand daran gedacht hat, den Bergrücken abzuholzen."

„Die Bäume herunterzuholen, ist unmöglich", sagte Booker. „Es führt keine Straße hin, und mit einem Hubschrauber ranzukommen, ist zu schwierig. Glaubt mir, wenn sie könnten, wären die Holzfirmen schon längst an den Bäumen gewesen."

„Oh, es gibt eine Straße", sagte ich. „Sie führt direkt hinter den Häusern von Cedar Ridge entlang. Niemand benutzt sie, aber sie ist vorhanden." Es entstand eine lange Stille, in der alle über diese Nachricht nachdachten.

„Nun, da haben wir die Antwort", sagte Booker schließlich. Wir sahen ihn verständnislos an. „Wenn eine private Straße, die durch ein privates Grundstück führt, in Gebrauch ist und bis zum Grundstück von Mr. X führt, dann hat Mr. X das Recht, diese Straße jederzeit zu benutzen. Wenn die Straße aber zehn oder mehr Jahre nicht benutzt wurde und durch fremde Grundstücke führt, bevor sie das Grundstück von Mr. X erreicht, muß er die Erlaubnis aller Eigentümer einholen, deren Land die Straße berührt, bevor er auch nur den Fuß daraufsetzen darf."

Wir saßen da und grübelten schweigend darüber nach.

„Wenn der Reverend also den Bergrücken gekauft hat", sagte ich, „im Glauben, daß es eine Straßenanbindung gibt, weil er von der Straße wußte, und dann feststellt, daß er sie nicht benutzen kann, hat ihn das vielleicht auf die Palme gebracht."

„Und dann", stimmte Lizzie ein, „hat er vielleicht beschlossen, alle Grundstücke aufzukaufen, nur um die Straßenanbindung zu bekommen, die er braucht, um all diese Bäume zu fällen."

„Nur daß vielleicht nicht alle gern verkaufen wollen", sagte Booker.

„Ob er die Leute gefragt hat?" fragte ich. „Ich meine, es wäre doch einfacher und billiger, den Anliegern einfach Geld anzubieten für die Zufahrtserlaubnis. Wer würde sie dem neuen Ortsgeistlichen schon verweigern?"

Sie dachten darüber nach und schlürften im Gleichtakt ihr Bier.

„Außer er will aus irgendeinem Grund keine Nachbarn haben", fügte ich hinzu.

Booker sah mich seltsam an. „Weswegen der gute Reverend zum Erpresser wird", sagte er.

„Tja", fügte Jess hinzu und schwenkte das Bier im Glas. „Und woher hat ein kleiner Prediger das Kapital, um fünf Seegrundstücke zu kaufen? Ist nicht erst kürzlich an mein Ohr gedrungen, daß sie ein bescheidenes und demütiges Leben führen sollen?"

Bescheiden und demütig war nicht eben eine treffende Beschreibung des Reverend Love, dachte ich und trank mein Bier aus. Es war jedoch eine gute Frage, und mir war sehr an einer Antwort gelegen.

9

Als sich das Lokal langsam füllte, verabschiedete ich mich und machte mich auf den Weg nach Cedar Ridge. Sonntag war vielleicht ein guter Tag, dachte ich, um den Nachbarn von Rick und Towne auf der gegenüberliegenden Seeseite einen kleinen Besuch abzustatten. Ich legte am Steg an, einem alten verwitterten Rechteck aus morschem Holz, das schief im Wasser hing. Die Stufen, die zum Haus hinaufführten, waren in gleich schlechtem Zustand, und ich fragte mich verwundert, warum niemand die Sachen reparierte. Das Haus mußte mal sehr hübsch gewesen sein.

Der Himmel war noch immer bedeckt, trotzdem war ich überrascht, daß die Vorhänge zugezogen waren. Die meisten Leute hielten sich die Sicht auf den See gern ganz frei. Ich klopfte und sah, wie sich der Vorhang hinter der Glasschiebetür links von mir kurz bewegte. Dann hörte ich Schritte, und eine zarte Stimme fragte:

„Wer ist da?"

„Cassidy James, Privatdetektivin. Kann ich Sie kurz sprechen?"

Die Tür öffnete sich einen Spalt, und ich sah auf eine winzige, nicht mehr als ein Meter vierzig große Dame hinunter. Sie trug einen zerschlissenen gelben Bademantel und winzige Hausschuhe, die bessere Tage gesehen hatten. Ihr Haar war einmal braun gewesen, jetzt war es mit Grau durchsetzt, ihre Augen waren wässrig blau und ihr Teint so blaß wie Magermilch.

„Entschuldigen Sie die Störung, Madam. Könnte ich wohl mit Ihnen und Ihrem Mann über einen Fall sprechen, den ich bearbeite?" Ich versuchte an ihr vorbei einen Blick in den Raum zu werfen, aber sie rührte sich nicht. Die Tür war nur wenige Zentimeter geöffnet.

„Sie werden nichts aus ihm herausbekommen", sagte sie und machte die Tür schließlich auf. „Aber Sie können hereinkommen, wenn Sie möchten." Sie schlurfte vor mir her ins Wohnzimmer.

Das Zimmer glich einem Schlachtfeld. Auf allen Tischplatten stand schmutziges Geschirr, und überall lagen Sachen durcheinander. Der Geruch von gebratenem Fisch lag in der Luft, der durchdringende Gestank von Zigarettenrauch und von noch etwas anderem. Erst als ich sah, wie sie schnell eine halbvolle Flasche Scotch hinter ein Sofakissen steckte, bemerkte ich, daß der andere Geruch von abgestandenem Alkohol herrührte.

„Ist Mr. Larsen daheim?" fragte ich. Ich hatte den Namen am Briefkasten gelesen.

„Wo sollte er sonst sein?" fragte sie. Sie hat eine Spur von einem irischen Akzent, dachte ich, oder vielleicht einem englischen. Es war erst früher Nachmittag, aber ihre Aussprache klang bereits leicht verwaschen. Als ich fragend meine Augenbrauen hochzog, bedeutete sie mir, ihr durch einen dunklen, stickigen Flur in ein Zimmer auf der Rückseite des Hauses zu folgen. Mr. Larsen saß, von Kissen gestützt, in einem Krankenhausbett, sein Kopf hing zur Seite, und ein dünner Speichelfaden troff von seinem Kinn. Seine Augen waren offen, blickten aber leer.

„Was ist passiert?" fragte ich und trat einen Schritt zurück. Der Geruch von Krankheit war schlimmer als die zweifelhaften Aromen in den anderen Räumen.

Sie führte mich ins Wohnzimmer zurück und bot mir einen Platz an. Als ich den fleckigen Stuhl sah, war ich froh, daß ich keine Shorts trug. Sie kletterte auf das ebenso schmutzige Sofa, ihre Beine waren so kurz, daß sie sie waagerecht von sich streckte. Sie sahen so winzig aus, daß ich ein Lächeln unterdrücken mußte.

„Ich habe Ihnen gesagt, daß mit ihm nicht viel anzufangen ist", sagte sie, als wäre das mein Fehler. „Er ist voller Krebs. Der Arzt sagt, es wird nicht mehr lange dauern. Sinnlos, ihn ins Krankenhaus zu bringen. Nichts mehr zu machen. Es kann sich nur noch um Tage handeln." Diese Aussicht ließ ihre Augen aufleuchten.

„Tut mir leid", sagte ich, was anderes fiel mir nicht ein.

Ich stand auf und ging zu dem vorhangbedeckten Fenster, wo auf dem wohl kürzesten Dreifußgestell der Welt ein eindrucksvolles Fernrohr befestigt war. Ich zog die Vorhänge auf, und Mrs. Larsen stöhnte.

„Sie tun meinen Augen weh", klagte sie. „Dieses Ding ist nur zum Vögel beobachten."

Ich entschuldigte mich, ließ die Vorhänge aber so weit offen, daß ich durch das Fernrohr sehen konnte. Ich mußte mich tief bücken, um an die Linse zu kommen. Was ich sah, überraschte mich. Es war die Nahansicht von Rick und Townes Schlafzimmer. Das Bett stand in der Bühnenmitte. Ich drehte mich zu Mrs. Larsen um, die mich mit verschränkten Armen herausfordernd ansah. Meine Augen waren wohl ungläubig aufgerissen.

„Na und!" stieß sie schließlich hervor. „Was ich in meinem eigenen Haus mache, geht Sie nichts an."

„Was andere in ihrem Haus tun, Sie auch nicht", sagte ich. Ich bemerkte, wie ihre Hände nach der Flasche zuckten. Sie sah immer wieder auf die Stelle, wo sie versteckt war.

„Dann sollten sie sich angewöhnen, die Fensterläden zu schließen", sagte sie und klang dabei wie eine Zehnjährige. Wären nicht ihre grauen Haare und Falten, könnte sie mit ihrer Größe und Stimme mit einem kleinen Mädchen verwechselt werden. Ich drehte das Fernrohr leicht herum und stellte es mit wenigen Griffen so ein, daß ich auch Hazel Krauses Haus vor der Linse hatte. Ich drehte das Fernrohr nach rechts und links und stellte fest, daß Mrs. Larsen die Möglichkeit hatte, direkt in jedes einzelne Haus auf dem Hügel zu sehen. Als ich wieder zurückging, hatte sie endlich die Flasche ergriffen und goß sich einen ziemlich kräftigen Schluck in ein verklebtes Glas auf dem Beistelltisch.

„Haben Sie einen Computer?" fragte ich und trat auf sie zu. Sie verschüttete etwas von ihrem Drink, und ich merkte, daß ich sie einschüchterte. Endlich war ich einer begegnet, die kleiner war als ich.

„Nein, um Himmels willen", sagte sie. „Selbst wenn ich einen wollte, könnte ich mir keinen leisten. Warum sollte ich denn einen wollen?" Sie trank einen Schluck Scotch und schien sich etwas zu entspannen.

„Um häßliche Erpresserbriefe an die Nachbarn zu schicken, die Sie ausspähen?" fragte ich.

Ihre wässrigen Augen weiteten sich. „Erpresserbriefe? Warum sollte ich jemanden erpressen wollen?"

„Warum ist Ihr Fernrohr auf Ihre Nachbarn gerichtet?"

Sie schien darüber nachzudenken. Als sie antwortete, bemerkte ich, daß sie weinte, und fühlte mich plötzlich schuldig. „Was gibt es hier sonst?" jammerte sie. „Der Fernsehempfang ist nicht gut, wegen des Hügels. Wegen dem da drinnen kann ich nirgendwohin gehen. Ich habe keine Angehörigen mehr. Was soll ich denn tun, sagen Sie es mir. Soll ich mich umbringen?"

Wunderbar. Jetzt war es meine Schuld, wenn sie beschloß, sich um die Ecke zu bringen. Es war tragisch, und sie tat mir wirklich leid, obwohl sie eine Spannerin war.

„Mrs. Larsen, ich glaube nicht, daß Sie jemanden erpressen. Aber irgend jemand erpreßt, vielleicht können Sie mir helfen, herauszufinden, wer. Haben Sie beobachtet, daß außer dem Briefträger sonst noch jemand Post in die Kästen gesteckt hat?"

Sie schniefte und wischte sich die Nase am Ärmel ab.
„Kann sein. Ich erinnere mich nicht so recht."

„Was könnte Ihnen helfen, sich zu erinnern?" fragte ich und überlegte, wieviel Geld ich bei mir hatte. Ich wühlte in meiner Tasche, aber sie winkte ab.

„Beleidigen Sie mich nicht", sagte sie. „Ich muß nicht bestochen werden. Mein Gedächtnis ist nur nicht mehr so scharf, wie es mal war. Manchmal fallen mir die Sachen ganz plötzlich ein. Vielleicht können Sie morgen wiederkommen, möglich, daß ich mich dann besser erinnere. Heute fühle ich mich überhaupt nicht wohl. Wenn Sie wollen, können Sie mir auch eine Flasche Cutty Sark mitbringen. Aber nur wenn Sie wollen."

Sie nahm mich auf den Arm, ich bezweifelte, daß sie sich an etwas Verwertbares erinnern würde, aber vielleicht war es den Preis einer Flasche Schnaps wert, das festzustellen. Ich dankte ihr für ihre Hilfe und bat sie, nachzudenken, ob ihr irgend etwas einfiel, das für meine Nachforschungen interessant war. Als ich ging, atmete ich draußen dankbar die kühle saubere Luft ein. Den ganzen Weg zu meinem Boot machte ich tiefe, gierige Atemzüge.

Als ich schließlich nach Hause kam, war es Nachmittag. Wolken hatten sich am Horizont zusammengeballt, und ich machte mich auf einen weiteren Sturm gefaßt. Gammon und Panic freuten sich wie verrückt, mich wiederzusehen, und den Rest des Nachmittags verbrachten wir damit, im Garten herumzutollen. Panic fing einen riesigen Maulwurf, der Erdhügel auf dem Rasen gemacht hatte, während Gammon faul von der Schwelle aus zusah. Es war ein geruhsamer Nachmittag, und als es Zeit zum Abendessen war, wußte ich, was ich zu tun hatte.

Als Jess den Hörer abnahm, verschwendete ich keine

Zeit mit Geplauder. „War Jessie nicht bei den Pfadfinderinnen?" fragte ich. Er bejahte. „Und haben sie nicht mal über Nacht oben auf dem Bergrücken campiert?" Wieder stimmte er zu. „Glaubst du, sie erinnert sich gut genug an den Weg, um mich zu führen?"

Das Schweigen, das auf diese Frage einsetzte, dauerte eine ganze Weile. Als er sprach, war er ganz sachlich. „Es könnte gefährlich sein, Cass."

Wie konnte ich ihm versichern, daß ich nie etwas tun würde, das Jessie in Gefahr bringt? Wir wußten beide, daß die Dinge manchmal außer Kontrolle geraten. „Es war ein dummer Gedanke", sagte ich. „Vergiß es."

„Moment mal, Cass. Ich habe nicht nein gesagt. Ich habe nur laut gedacht. Du weißt, daß sie dir nur zu gern behilflich sein möchte. Das ist vielleicht eine gute Möglichkeit."

„Sie braucht mir nur den Weg zu zeigen. Wenn wir oben sind, lasse ich sie an einem netten sicheren Platz, bis ich mich ein wenig umgesehen habe. Das heißt aber, daß sie einen Tag Schule versäumt."

Er lachte. „Das bricht ihr sicher nicht das Herz. Ich hole sie. Du mußt sie selbst fragen."

Das hieß, die Sache ging in Ordnung.

Ich erzählte Jessie von meinem Plan, und sie war sofort begeistert.

„Ich weiß nicht, ob ich mich ganz genau an den Weg erinnere", sagte sie aufgeregt. „Es ist schon zwei Jahre her. Aber ich bin mir sicher, zu zweit finden wir den Pfad."

Als ich ihr sagte, daß ich sie am nächsten Morgen an der öffentlichen Anlegestelle abholen würde, konnte ich ihr breites Grinsen durchs Telefon spüren. Einen Schultag zu schwänzen, war ein weiterer Vorteil.

Ich bereitete mir gegrillte Hähnchenbrust in Limetten- und Strauchtomatensauce, dazu eine abgezogene Tomate und etwas Reis. Es war eine gute Mahlzeit, die ich mit einem Glas trockenem Pinot Noir genoß. Ich bin keine Anhängerin der Vorschrift von weißem Wein zu weißem Fleisch, sondern der festen Überzeugung, daß ein guter Pinot oder Cabernet zu fast allem paßt, mit Ausnahme vielleicht von kalten Frühstücksflocken. Aber im Grunde fühlte ich mich, obwohl ich viel Wind um das köstliche Essen machte, ziemlich einsam. Und so wählte ich nach dem Abendessen wider besseres Wissen Ericas Nummer.

Das Telefon läutete viermal, dann antwortete eine tiefe, sinnliche Stimme. Es war nicht Ericas Stimme.

„Hm, ja, ist Erica Trinidad da?" fragte ich mit sinkendem Mut.

„Sie ist im anderen Zimmer. Kann ich ihr etwas ausrichten?"

Das andere Zimmer hieß die Dusche, vermutete ich. Und ich würde eine Million Dollar darauf wetten, daß die Besitzerin dieser Schlafzimmerstimme Ericas berühmte Filmemacherin war.

„Nein, es gibt nichts auszurichten", sagte ich und knallte den Hörer ein wenig lauter auf, als beabsichtigt war.

Den Rest des Abends verbrachte ich damit, mich mit sportlichen Übungen zu kasteien. Ich trat eine Stunde lang in die Pedale des Trainingsfahrrads und absolvierte alle Selbstverteidigungs- und Kampfsportbewegungen, die ich je gelernt hatte. Ich streckte mich und kickte mit den Beinen, bis mir alle Gelenke wehtaten. Ich meditierte sogar. Nichts half auch nur im geringsten.

10

Am Montagmorgen erwartete Jessie mich am Dock; ihre knallroten Tennisschuhe dienten mir im dichten Nebel als Leuchtsignal. Ich war froh, daß sie ein Sweatshirt und lange Hosen trug. Es würde sich im Lauf des Tages wohl erwärmen, aber im Moment war es einfach noch kühl.

Den ganzen Weg zum Cedar Ridge schwatzte sie fröhlich. Wegen des Nebels mußten wir langsam fahren, und so wußte ich, als wir schließlich ankamen, mehr über die inneren Verhältnisse der sechsten Klasse der Cedar Hills-Grundschule, als mir lieb war. Wir fuhren an Rick und Townes Haus vorbei und um die Spitze der Halbinsel auf die andere Seite, die steil, felsig und unbebaut war.

„Hier vorn ist es", sagte sie und zeigte auf eine winzige sandige Bucht. „Da haben sie uns abgesetzt." Ich hob die Motorschraube meiner Sea Swirl aus dem Wasser, um nicht auf Grund zu laufen, und lenkte das Boot auf den Sand. Jessie hüpfte heraus, und ich warf ihr die Leine zu, die sie am Ast einer Weide festband. Ich hatte zwei Rucksäcke mitgebracht, und während wir sie aufsetzten, betrachtete ich den steilen Pfad vor uns.

„Bist du sicher, daß ihr hier aufgestiegen seid?" fragte ich und überlegte, wer so sadistisch sein konnte, Pfadfinderinnen diesen monströsen Felsen erklettern zu lassen.

„Ich glaube schon", sagte sie. „Los, komm!" Es war schwer, ihrer Begeisterung zu widerstehen.

Der Weg war stellenweise recht gut und schien kürzlich begangen worden zu sein. Wo Erde den Felsen bedeckte, waren Fußabdrücke zu sehen. Der letzte Sturm hätte sie verwischt, dachte ich. Es war also seit Donnerstag jemand hier gewesen. Es gab auch andere Anzeichen, daß der Weg vor nicht langer Zeit benutzt worden war. Zigarettenkippen, eine Colabüchse und ein alter Kaugummi zeigten, daß nicht wenige hier gegangen waren.

„Kommen die Pfadfinderinnen immer noch her?" fragte ich. Jessie wußte es nicht, aber nun, da Reverend Love das Land gekauft hatte, war es nicht anzunehmen.

Etwa auf halber Höhe schälten wir uns aus unseren Sweatshirts und stopften sie in die Rucksäcke. Wir teilten uns eine Flasche Mineralwasser und wischten uns den Schweiß von der Stirn. Unsere T-Shirts klebten bereits am Rücken, und die helle Sonne hatte den Nebel schließlich durchdrungen, was nicht eben hilfreich war.

„Wir sind fast da", sagte Jessie, als sie sah, daß ich mich zum restlichen Aufstieg anschickte. „Mit den Pfadfinderinnen sind wir viel langsamer gegangen", fügte sie hinzu.

„Ist es zu schnell?" fragte ich hoffnungsvoll. Wir hatten ein ziemliches Tempo eingeschlagen.

„Überhaupt nicht!" Sie ging vor mir los. „Komm schon!" In meinen Beinen machte sich die Überanstrengung vom Vortag bemerkbar, mich von einer Elfjährigen schlagen zu lassen, kam jedoch überhaupt nicht in Frage.

Weil der Hügel steil war, machte der Weg viele Kurven. Er führte zwischen riesigen Zedern und Douglasfichten entlang, durchquerte winzige Bäche und rückte manchmal nahe an den gefährlichen Felsrand. Beim Hinuntersehen konnte ich mein Boot ausmachen, ein winziger blauer Fleck auf einem Stückchen Weiß.

„Wir sind fast oben", sagte Jessie. „Siehst du das? Das ist neu hier." Sie wies auf einen hohen Mast vor uns, auf dem eine Art Beobachtungsinstrument befestigt war. Als wir näherkamen, merkte ich, daß es unseren Bewegungen folgte.

„Es ist eine Kamera" flüsterte ich. „Wie Banken sie haben oder Seven Eleven."

Jessie starrte mich verständnislos an, und da fiel mir ein, daß Jessie nie in einem Seven Eleven-Supermarkt mit 24-Stunden-Service gewesen war. Meine kalifornische Vergangenheit holte mich wieder ein.

„Vielleicht sollten wir nicht weitergehen" sagte sie und wies auf ein Verbotsschild.

„Okay", sagte ich. „Ich sage dir nun, was du tun sollst. Bleib auf diesem Felsen hier, und wenn du jemanden kommen siehst, pfeifst du."

„Was meinst du damit?" fragte sie ein wenig ängstlich. „Wo gehst du hin?"

„Ich will mich nur umgucken. Mal sehen, was für eine Art religiöser Einrichtung der gute Reverend hier oben baut. Du bleibst hier."

Sie schien nicht glücklich, widersprach aber nicht.

„Wenn jemand fragt, was du hier machst, wir sind auf einer Wanderung. Verstanden?"

Sie nickte.

„Sag ihnen, daß ich Pippimachen bin, daß du auf mich wartest und wir dann wieder hinuntergehen."

„Verstanden, Cassidy. Geh nur!"

Ich setzte meinen Weg fort und mußte dabei über ihre Ungeduld schmunzeln. Etwa alle drei Meter standen Verbotsschilder. Es würde schwierig sein zu behaupten, sie nicht gesehen zu haben.

Die Bäume hier oben waren wirklich riesig, und ich versuchte auszurechnen, wie viele es gab. Ich betrachtete eine Fläche von der ungefähren Größe eines Footballfeldes. Jeder Baum nahm etwa drei Meter ein, und an manchen Stellen wuchsen sie ziemlich dicht. Ich errechnete etwa einhundertzwanzig Bäume pro Footballfeld, was laut Umrechnungstabelle auf dem Kalender, die ich gestern abend studiert hatte, etwa ein Drittel eines Hektars war. Und Susie Pops hatte gesagt, daß der ganze Bergrücken etwas über zehn Hektar umfaßt. Hätte ich nur den Taschenrechner dabei. Jess hatte gesagt, daß man für einen fünfzehn Meter hohen Baum siebenhundert Dollar bekommen kann. Jeder dieser Bäume war mindestens fünfzehnhundert Dollar wert. Ich versuchte auszurechnen, wieviel ein Hektar wert war, kam aber auf immer andere Zahlen. Ich war mir allerdings sicher, daß, wenn das ganze Gebiet so dicht bewaldet war wie dieses, der Reverend auf mehreren Millionen Dollar saß. Und das ohne die Douglasfichten, von einer oder zwei dieser Port Orford-Zedern ganz zu schweigen. Kein Wunder, daß er auf die Straße so scharf ist, dachte ich. Aber warum hatte er den Nachbarn nicht einfach Benutzungsgebühr angeboten, überlegte ich noch einmal. Vielleicht hatte er einen Grund, überhaupt keine Nachbarn zu wollen?

Die erste Kamera hatte mich überrascht, aber die nächste fesselte meine Aufmerksamkeit. Sie war auf einen Gegenstand montiert, der aussah wie eine Kanone, und die zielte direkt auf mich. Offensichtlich hatte jemand viel Geld in ein Überwachungssystem investiert. Ich lächelte unschuldig in die Kamera und marschierte weiter. Ich fragte mich, wie lange es dauerte, bis mich, wer immer es war, der hinter diesen Kameras stand, erwischte.

Endlich kam ich zum Gipfel. Von hier aus war die Sicht durch die Bäume ehrfurchtgebietend. Der See sah wie ein Gewirr von Edelsteinen aus. Ich konnte den Ozean sehen, samt Schaumkronen, eine Meile entfernt. Auf dem Highway 1 krochen die Autos wie bunte Käfer auf einem schwarzen Band entlang. Was aber meine Aufmerksamkeit wirklich erregte, befand sich oben auf dem Gipfel. Zwischen den Bäumen versteckt standen eine Art Nissenhütten, zu Dutzenden, aus Armeematerial errichtet. Von Süden her hörte ich Männer rufen und stöhnen und ächzen wie unter schwerer Anstrengung.

Ich ignorierte mein heftiges Herzklopfen, schlich vorwärts und suchte dabei die Gegend nach Lebenszeichen ab. Als ich mich dem Ort der Aktivität näherte, kam ich an einer der Hütten vorbei. Ich spähte durch ein vergittertes Fenster. Fest zusammengerollte Schlafsäcke lagen dicht an dicht auf dem Boden. Ich spähte in eine andere Hütte, und dort war es ähnlich, nur daß an Stelle der Schlafsäcke schwere Armeeausrüstungssäcke aufgereiht waren. Ich schwankte, ob ich das Risiko eingehen und eine der Hütten betreten sollte, um den Reißverschluß eines der Säcke zu öffnen, als hinter mir ein Zweig knackte und mich erschreckte. Ich wirbelte herum und blickte direkt in die schwarzen Augen von Reverend Love.

„Sie scheinen es sich zur Gewohnheit zu machen, in fremdes Eigentum einzudringen", sagte er, und seine tiefe Stimme grollte wie Donner.

Ich versuchte, meiner Stimme kein Zittern zu erlauben. „Reverend Love! Was für eine Überraschung!"

Ich trat auf ihn zu, um ihm die Hand zu schütteln. Darauf war er nicht gefaßt, und so streckte er widerwillig die Hand aus. Sie war groß und kalt, als würde man mit bloßer Hand eine Eidechse anfassen. Ich widerstand dem Drang, zurückzuzucken.

„Ich habe nicht gewußt, daß es hier oben Gebäude gibt", fuhr ich fort. „Ich komme schon lange immer wieder zum Wandern hierher. Es ist einer meiner Lieblingsorte. Ich gebe zu, daß ich neugierig wurde, als ich die Schilder sah. Ich dachte, das Land sei Staatsbesitz." Ich redete wie ein Wasserfall, im Stil der Zeugen Jehovas, aber es schien zu funktionieren.

„Dieses Land gehört jetzt mir", sagte er.

„Wirklich?" sagte ich und bewunderte mich, wie ich so unschuldig und fröhlich klingen konnte. „Ist das nicht aufregend? Was für ein herrliches Fleckchen Erde. Haben Sie vor zu bauen?"

„Hier finden religiöse Einkehrtage statt", sagte er. „Eben macht eine Reihe von Gläubigen ihre geistlichen Übungen. Es ist jedoch eine private Zusammenkunft. Wir haben ihnen versichert, daß es keine Besucher geben wird, keine Unterbrechungen, keine Störungen. Dies ist von allergrößter Wichtigkeit, um zu innerem Frieden und göttlicher Liebe zu finden. Es tut mir leid, ich muß Sie bitten, umzukehren. Vielleicht können wir nächsten Sonntag in der Kirche unser Gespräch fortsetzen?"

„Nun, ich bin keine große Kirchgängerin", sagte ich. Ich begann unter den Armen zu schwitzen. Ich wußte nicht, ob er mir mein unschuldiges Getue abnahm oder nicht, und wollte schleunigst weg. „Aber Sie predigen wirklich sehr interessant."

„Freut mich, daß es Ihnen gefallen hat", sagte er. „Ich glaube, daß meine Botschaft bei vielen nicht angekommen ist. Sie sind Privatdetektivin, wenn ich richtig informiert bin?"

Mann, das kam aber überraschend. Und eben hatte ich noch gedacht, er würde mein Theater glauben. Ich stellte fest, daß ich mit dem Rücken zur Hütte stand, er in meinem Weg, und ich im Notfall nicht entkommen konnte.

„Nun, das ist mein Broterwerb", sagte ich lahm.

„Ein gefährlicher, wie ich gehört habe. Herumschnüffeln in anderer Leute Angelegenheiten kann riskant sein."

„Deshalb trage ich eine Pistole bei mir", sagte ich und wünschte, ich hätte sie dabei. Ich klopfte mir an den Hosenbund, als steckte dort mein Revolver, und lächelte süß.

„Es gibt viele Leute, die Pistolen tragen", sagte er, und nun steckte er seine Hand in die Tasche. „Ich wünsche Ihnen einen guten Tag."

„Gleichfalls, Reverend", sagte ich und drückte mich an ihm vorbei. Im Weggehen konnte ich seinen brennenden Blick auf meinem Rücken fast körperlich fühlen, selbst als ich schon außer Sichtweite war. Ich mußte meinen ganzen Mut zusammennehmen, um nicht zu rennen.

Jessie war genau dort, wo ich sie verlassen hatte, auf ihrem Felsen hockend, die Augen hinter den Brillengläsern weit aufgerissen.

„Warum hast du so lange gebraucht?" wollte sie wissen.

„Los, gehen wir. Ich erzähle dir später."

Auf dem ganzen Weg den Berg hinunter ging mir das Bild der langen Reihen von Ausrüstungssäcken nicht aus dem Kopf, und da kam mir der Gedanke, daß jeder Sack exakt die Form und Größe eines Gewehrs hatte.

11

Nachdem ich Jessie an der öffentlichen Anlegestelle abgesetzt hatte, eilte ich nach Hause, weil ich dringend eine Dusche nötig hatte. Das Licht meines Anrufbeantworters blinkte, und ich hörte ihn ab, während ich mich auszog.

„He, Baby, hier ist Martha. Ich habe für dich über Loveland recherchiert. Man müßte ein Diplom in Handelsrecht haben, um alles zu verstehen. Loveland ist anscheinend eine Tochterfirma der sogenannten Meyerson Corporation, und die ist wiederum die Tochterfirma von etwas, das sich, halt dich fest, Christliche Verpflichtung nennt. Einfach gruselig! Ich habe Nachforschungen angestellt – wofür du mir übrigens einen richtigen Dickmacher schuldest –, es sieht aus, als hätte die Christliche Verpflichtung Verbindungen zu einer anderen netten Gruppe, die besser bekannt ist. Willst du raten? Versuch's mal mit Ku-Klux-Klan. Sauberer Kerl, dein Reverend." Sie hielt inne. „Nun, mehr konnte ich nicht erfahren, aber jetzt haben wir wenigstens eine bessere Vorstellung davon, mit wem du es zu tun hast. Ich spreche von Mousse au chocolat, Cassidy, vielleicht sogar von etwas Flambiertem. Bis bald." Sie endete eine Sekunde, bevor der Piepton das Ende der Sprechzeit ankündigte. Martha wußte mit nachtwandlerischer Sicherheit, wie lang ihre Nachrichten sein durften.

Der zweite Anruf war von Sheriff Booker, er klang aufgeregt.

„Cass, es sieht aus, als gäbe es unseren Freund, den Reverend, gar nicht. Ein Reverend Love oder auch nur ein Robert Love, was als Name auf seinem Mietvertrag für die Kirche steht, findet sich in keinem Verzeichnis. Gar nicht so leicht, seine Vorstrafen zu ermitteln, wenn er nicht existiert. Dieser kleine Herman Hugh Pittman ist allerdings eine andere Geschichte." Booker hustete, dann fuhr er fort. „Sieht aus, als wäre er vor zehn Jahren beinahe im Gefängnis gelandet, weil er, das wird dir gefallen, in einem Briefkasten eine selbstgebastelte Bombe zündete. Der Betroffene wollte Anzeige erstatten, und weil das Manipulieren an Briefkästen ein Offizialdelikt ist, wäre er zu einer Gefängnisstrafe verurteilt worden. Aber aus irgendeinem Grund wurde die Sache niedergeschlagen. Das habe ich herausbekommen, weil ich mit dem Sheriff von Coleman County sprach, wo Pittman aufgewachsen ist. Er sagt, Pittman sei immer in Schwierigkeiten gewesen, habe aber nie gesessen. Zuletzt habe er erfahren, Pittman sei Mitglied einer Gruppe von Rechtsradikalen in Idaho. Ich habe mich bei Ed Beechcomb im Postamt erkundigt, und er sagte, Herman sei ein wirklich guter Arbeiter. Ich werde mich mit dem kleinen Scheißkerl ein wenig unterhalten, mal sehen, ob er Licht auf die wahre Identität des Reverend werfen kann. Ich mag es nicht, wenn ich nicht weiß, wer in meiner Stadt predigt, und –"

Der Sheriff, der langsamer redete als Martha, wurde von einem langen Piepton unterbrochen, und ich mußte kichern, als ich in die Dusche ging.

Ich dachte über die Neuigkeiten nach, die sie mir geliefert hatten. Sie waren nicht erheiternd. Ich hatte es mit einem widerlichen Kerl zu tun, der Bomben basteln konnte und damit den Briefkasten eines Nachbarn in die Luft sprengte und der sich anscheinend mit einem Schwindler zusammengetan hatte, der Verbindungen zum Ku-Klux-Klan hatte. Der Reverend hatte nicht nur eben ein zehn Hektar großes Waldgrundstück gekauft, das mehrere Millionen Dollar wert ist, darüber hinaus schien er Leute zu erpressen, um in den Besitz der Zugangsstraße zu kommen. Zu allem Überfluß schien er große Gruppen von Männern auf dem Berg untergebracht zu haben, für Zwecke, die sich meiner Vorstellung entzogen. Völlig legal, aber irgendwie glaubte ich nicht, daß sie aus religiösen Gründen da oben waren.

Wenn ich recht hatte mit dem Gedanken, daß er keine Nachbarn haben wollte, folgte daraus, daß er etwas Illegales im Sinn hatte. Aber was? Und wo kamen die Leute her, die ich dort oben gehört hatte? Ich konnte mir vorstellen, daß ein paar Einheimische ihre Wochenenden mit religiösen Übungen zubrachten oder gar mit einer Männerselbsterfahrungsgruppe, aber heute hatten wir Montag. Warum waren diese Leute nicht bei der Arbeit? Und wer waren sie? Wenn auch nur die Hälfte aus Cedar Hills kam, würden die Leute darüber reden. Bis jetzt hatte ich mehr Fragen als Antworten.

Als ich mich schließlich angezogen und mein Haar geföhnt hatte, war ich äußerst hungrig. Ich war außerdem überzeugt, daß ich mich noch mal auf dem Hügel umsehen mußte, aber mit all diesen Überwachungsinstrumenten mußte ich mir eine andere Route suchen.

Ich wühlte im Kühlschrank und legte ein paar Sachen auf die Anrichte. Ich dachte, ein Sandwich wäre jetzt lecker, und so schnitt ich ein Sauerteigbrötchen von der Größe eines kleinen U-Boots auf, höhlte es aus und bestrich es mit Mayonnaise. Ich löffelte reichlich Olivenöl hinein, grüne kleingehackte Oliven, gesalzene und gepfefferte Tomatenscheiben, eine rote in Streifen geschnittene Paprikaschote, eine Handvoll in Dill eingelegtes Gemüse und ein klein wenig gehackte rote Zwiebel. Ich legte etwa fünf Scheiben Salami darauf, etwas Provolone und obendrein ein wenig Tollamook Cheddar. Ich öffnete eine Flasche Red Dog Bier, schnappte ein paar Servietten und bat die Katzen mit hinaus auf die Veranda. Nach reiflicher Überlegung kamen wir alle drei einmütig zu der Entscheidung, daß dies eines der zehn besten Sandwiches war, die wir je geteilt hatten.

12

Nach dem Mittagessen machte ich ein Nickerchen, dann werkelte ich ein bißchen im Garten. Der Bach, der unterhalb meines Hauses fließt, war beim letzten Sturm über die Ufer getreten. Mit Hilfe einer Hacke reparierte ich die Ufer und setzte die Begrenzungssteine wieder richtig ein. Als ich fertig war, mußte ich los, um Jessies Therapeutin zu treffen. Ich schlüpfte in eine dunkle Hose, eine karierte Baumwollweste über weißer sportlicher Bluse, dazu weiche Lederslipper. Aus irgendeinem Grund hatte ich das Gefühl, mich gut anziehen zu müssen. Ich fuhr mit der Bürste durchs Haar, stellte fest, daß es geschnitten werden mußte, und lächelte meinem Spiegelbild zu. Gar nicht schlecht, dachte ich und fragte mich, warum ich mich für eine Psychotante so herausputzte.

Dr. Carradines Haus war ein altes Backsteingebäude, das für Büros umgebaut worden war. Aus dem Dach über dem zweiten Stockwerk reckte sich ein roter gemauerter Kamin, die Fenster waren mit Blumenkästen voller roter Geranien und weißer Petunien geschmückt. Auf der weißen Eingangstür war ein Schild mit der Aufschrift „Offen", ich drückte sie also auf und betrat zögernd den gemütlichen Warteraum. Er war leer.

„Ich komme gleich!" rief eine Stimme. Die Stühle waren geschmackvoll um schmale Tische gruppiert, und auf den Tischen mit Stößen von Zeitschriften standen Aschenbecher und sogar ein paar mit Pfefferminzbonbons gefüllte Schälchen. Ich steckte eines in den Mund, sah mich aber vorher um, ob es niemand sah. An den Wänden hingen gute Gemälde, ich erkannte eines von Rick – eine riesige rote Hibiskusblüte mit gelben Pollenstengeln in der Mitte. Eine grünschillernde Hummel, winzig neben der riesigen Blume, trank sich daran satt. Ich starrte immer noch auf das Bild, als ich jemanden hinter mir hörte. Ich drehte mich um, und das Herz fiel mir bis in die Schuhe.

„O Gott", sagte sie.

„Sie!" stieß ich hervor. Mein Mund war trocken geworden.

„Ist das nicht eine Überraschung?" fragte sie. Die Untertreibung des Jahrhunderts. Ihre grünen Augen, tief und wundervoll, wie ich sie in Erinnerung hatte, blitzten voller Humor. Und noch etwas anderes lag darin. Ich fragte mich, ob ich so verblüfft aussah, wie ich mich fühlte.

„Das habe ich nicht gewußt", sagte ich.

„Ich auch nicht", sagte sie. „Ich habe mich gefragt, ob ich Sie je wiedersehen würde. Ich muß zugeben, daß ich ziemlich viel an Sie gedacht habe."

Ihre Direktheit war ein wenig verunsichernd.

„Ich, hm, ich habe auch an Sie gedacht", sagte ich wahrheitsgemäß. „Ich habe mir ein Dutzendmal vorgeworfen, daß ich nicht mal nach Ihrem Namen gefragt habe."

„Maggie Carradine", sagte sie, kam auf mich zu und gab mir die Hand. Ihr Blick fesselte mich, ich konnte die Augen nicht von ihr wenden. Ihre Hand war warm, der Händedruck kräftig und sanft zugleich.

„Cassidy James", sagte ich, und wir lachten über die absurde Situation.

„Kommen Sie herein, Cassidy James", sagte sie und ließ schließlich meine Hand los. Ich folgte ihrem wunderbaren Hinterteil in ihr Büro, das wohl früher ein Wohnzimmer gewesen war. Ein großes Fenster gab die Sicht über den Hafen frei. Die Wände waren gedeckt rosa gestrichen. Überall hingen herrliche Bilder, alle von Rick.

„Er hat mir gesagt, daß Sie eine treue Käuferin sind", sagte ich und betrachtete die riesigen Leinwände.

„Sie kennen Rick Parker?" fragte sie.

„Ich habe ihn erst kürzlich kennengelernt."

„Was für eine kleine Welt!" rief sie aus.

„Und meine beste Freundin ist Martha Harper", fügte ich hinzu und freute mich an ihrem überraschten Blick.

„Und Jess und Jessie kennen Sie natürlich auch", sagte sie kopfschüttelnd. „Das ist selbst für Kings Harbor viel Zufall. Wie kommt es, daß wir uns bisher nicht getroffen haben?"

„Wir haben uns getroffen", erinnerte ich sie. Die Röte, die ihr Gesicht und ihren Hals überzog, paßte zu dem, wie mein Gesicht sich anfühlte. Wir standen da und starrten uns an, keine wußte, wie es weitergehen sollte.

„Sie sehen überhaupt nicht so aus, wie ich es mir vorgestellt hatte", sagte sie schließlich und ließ sich auf einem weichen Ledersessel nieder. Ich setzte mich auch, und plötzlich war ich froh, daß ich mich für diese spezielle Psychiaterin feingemacht hatte.

„Ich will sagen, abgesehen davon, daß Sie die Frau sind, an die ich die letzten achtundvierzig Stunden gedacht habe, sind Sie nicht so, wie ich mir eine Privatdetektivin vorgestellt habe."

„Und wie war diese Vorstellung?" fragte ich, ehrlich neugierig geworden.

Sie schob sich die schwarzen Locken aus der Stirn und tippte nachdenklich mit einem Bleistift gegen ihre Zähne. Sie war noch attraktiver, als ich sie im Gedächtnis hatte, dachte ich und war mir der Kurven unter ihrem Blazer sehr deutlich bewußt. Sie hatte ein sportliche, dennoch weibliche Figur, und ich mußte gegen den Drang kämpfen, sie mit den Augen zu taxieren.

„Ich glaube, ich habe Sie mir maskuliner vorgestellt", sagte sie schließlich.

„Sie finden mich nicht maskulin?" Ich dachte daran, wie oft ich mit einem Jungen verwechselt wurde. Ich war muskulös und schlank, mit kurzem rotblondem Haar, und wenn ich Jeans und Sweatshirt trug, konnte ich als sportlicher sechzehnjähriger Schuljunge durchgehen.

„Nein", sagte sie. „Ich erwartete Sie härter. Zynischer. Ein Päckchen Tareytons im hochgerollten Ärmel. Fragen Sie mich nicht, warum. Ich habe mich wohl der Stereotypisierung schuldig gemacht. Ich konnte mir einfach nicht vorstellen, daß eine Privatdetektivin so gut aussieht."

Das Kompliment erwischte mich kalt. „Danke."

Ihr Lachen war rein und echt. „Nun, ich glaube sicher

behaupten zu können, daß dies das unprofessionellste Gespräch ist, das ich je in diesem Raum geführt habe."

„Ich bin ja auch nicht als Klientin gekommen", sagte ich und fühlte mich plötzlich befangen.

„Das stimmt", sagte sie. „Ich möchte wirklich gern über Jessie sprechen. Tun wir das jetzt, und danach können wir über andere Dinge reden."

Sie fing an, mir alles zu erzählen, was sie wußte, und ich fügte jeweils die Einzelheiten hinzu. Sie wollte wissen, wie Jessie reagiert hatte, nachdem sie ihren Bruder erschossen hatte. Ich sagte ihr, daß sie in Ohnmacht gefallen war. Hat sie von ihrem Bruder gesprochen, fragte sie. Ich sagte, daß sie zwar von dem Ereignis sprach, den Namen Dougie jedoch nie erwähnte. Ob ich den Eindruck hatte, daß Jessie damit zurechtkam, daß sie die Sache verarbeite? Ich sagte, daß Jessie trotz ihrer elf Jahre bestens zurechtkam. Ich fand, sie bewältigte es besser als ihr Vater, ja besser als ich.

„Sie bewältigen es nicht gut?" fragte sie. Das war eine typische Psychofrage, und überall gingen meine Warnschilder hoch.

„Es geht mir gut", sagte ich.

„Aber Sie fühlen sich schuldig deswegen", sagte sie. Das war nicht als Frage formuliert. Ich wollte schon in die Defensive gehen, überlegte es mir aber anders.

„Ich glaube, das läßt sich nicht vermeiden", sagte ich. „Es war mein erster Fall. Ich habe durch Jessie von dem Fort erfahren. Vielleicht ist sie deshalb ihrem Dad gefolgt, der mir nachging. Sie wußte, wohin ich ging. Deshalb bin ich in gewisser Weise daran schuld, daß sie dort war. Ich hätte, wie Sie bereits erwähnten, die rauhe starke Privatdetektivin sein sollen. Leider kam es dann so, daß ich meine Pistole wegwerfen und mich nackt ausziehen mußte, worauf ich beinahe von einem Riesenidioten voller Steroide vergewaltigt worden wäre. Da tritt die kleine Jessie auf den Plan, und der Tag ist gerettet. Ich wäre tot, wenn sie nicht gekommen wäre. Und ihr Vater auch." Obwohl ich mich mächtig anstrengte, ruhig zu bleiben, brachte das Erzählen Gefühle an die Oberfläche, mit denen mich zu befassen ich mich geweigert hatte, und ich fürchtete, jeden Augenblick in Tränen auszubrechen. Genau deshalb mochte ich keine Seelenklempner, erinnerte ich mich.

„Ich glaube, es ist ganz normal, Schuldgefühle zu haben, auch wenn unser Kopf uns sagt, daß wir nichts hätten anders machen können. Sie hatten keine andere Wahl, als Ihre Pistole wegzuwerfen. Soviel ich weiß, bedrohten sie Ihre Freundin mit einem Messer." Aus irgendeinem Grund hatte ich Erica nicht erwähnt. „Außerdem", fuhr sie fort, „haben Sie die Jungen nicht aufgefordert, Sie zu vergewaltigen. In dieser Situation wäre jede hilflos gewesen."

„Aber ich sollte nicht hilflos sein!" sagte ich unnachgiebiger als beabsichtigt. „Ich hätte mich und die anderen nicht in diese Situation bringen sollen", setzte ich ruhig hinzu.

„Ich habe nicht gewußt", sagte sie, „daß Sie mit der Lizenz zur Privatdetektivin auch die Allmacht erworben haben." Ihr Lächeln war sarkastisch, aber ihre Augen blickten freundlich, und ich wußte nicht, ob ich ihr böse war oder nicht. Sie ersparte mir die Antwort, indem sie das Thema wechselte. „Jessie scheint Sie zu idealisieren. Das kann, in Grenzen, gesund sein. Manchmal ist es aber nicht gesund."

„Sie glauben, bei mir ist es nicht gesund?" fragte ich mit sinkendem Herzen. Ich liebte dieses Kind.

„Ich bin mir nicht sicher. Sie hat dieses romantisierte Bild von Ihnen als Bezwingerin des Übels. Sie wissen, daß sie zur Polizei will. Ich fürchte, nachdem sie ‚den Tag gerettet' hat, wie Sie es nennen, fühlt sie sich auch allmächtig. Es nützt nichts, daß sie denkt, es sei ein realistisches Ziel."

„Und das heißt?" Ich fing an mich zu winden.

„Das heißt, Sie sollten ihr vielleicht Gelegenheit geben, Sie in realistischerem Licht zu sehen. Zeigen Sie dem Kind Ihre Fehler und Schwächen, Ihre Verwundbarkeit. Sie muß wissen, daß es erlaubt ist zu weinen. Daß es in Ordnung ist, sich zu fürchten. Daß es in Ordnung ist zu versagen. Im Moment steuert sie auf eine herbe Niederlage zu. Viele überdurchschnittlich intelligente Kinder setzen sich unter unangemessenen Erfolgsdruck. Jessie ist nicht nur ungewöhnlich klug, durch das Ereignis mit ihrem Bruder sieht sie sich auch unverwundbar und unfehlbar. Superintelligente Kinder haben den höchsten Anteil an jugendlichen Selbstmorden. Ich möchte nicht, daß es auch Jessie trifft."

O Gott! Von wegen Schuldgefühle. Plötzlich war ich für Jessies Leben verantwortlich. Wie konnte das geschehen, fragte ich mich. Ich wollte diese Verantwortung nicht. Maggie mußte meine Gedanken gelesen haben.

„Ich sage nicht, daß Sie für Jessie verantwortlich sind. Ich meine nur, Sie sollten sich Ihres Stellenwerts in ihrem Leben bewußt sein. Es würde ihr gut tun, wenn Sie etwas weniger gottgleich und dafür etwas menschlicher wären. Dann könnte auch sie sich erlauben, menschlicher zu sein."

Das war vernünftig, und ich wußte es. Ich fragte mich, wie es kam, daß Maggie soviel über mich wußte, nur indem sie Jess und Jessie zuhörte. Sah Jess mich auch so? Gottgleich? Sicher, ich war immer um Selbstkontrolle und vertrauenswürdige Ausstrahlung bemüht. Aber den Eindruck von Allwissenheit vermittelte ich wohl nicht. Sicher? Sahen mich die Leute so? O je, ich mußte ja eine wirklich angenehme Gesellschaft sein.

Ich stand auf, ging im Zimmer umher und betrachtete ein Bild nach dem anderen. In meinem Kopf drehte sich alles. Martha hatte recht gehabt, Ricks Bilder regten zur Innenschau an. Aber ich hatte wirklich keine Lust, mein Seelenleben auszubreiten. Auch nicht vor dieser Seelenklempnerin. Wenn ich nur in diese meergrünen Augen blickte, erfüllte mich eine eigenartigen Mischung aus Heiterkeit und Verlangen. Ich würde die Sache mit mir selbst ausmachen, in meinem eigenen Zeitrhythmus.

„Ich bin zu weit gegangen, nicht wahr?" sagte Maggie. Sie stand jetzt hinter mir und blickte über meine Schulter auf ein Gänseblümchenfeld. Ein getupftes Rehkitz stand am hinteren Rand des Feldes, versteckt in den überdimensionalen Blumen, und äste friedlich. Ich konnte Maggies Parfüm riechen und ihren Atem an meiner Schulter fühlen. „Das passiert mir manchmal", sagte sie. „Ich habe nicht an Ihre Gefühle gedacht. Ich habe mich hinreißen lassen. Es tut mir leid." Das hörte sich nicht an wie Psychogebrabbel. Es hörte sich an wie eine Freundin.

„Aber Sie hatten recht", hörte ich mich zu meiner Überraschung sagen.

Ich drehte mich um und war noch mehr überrascht, Tränen in den Augen zu spüren. Ich weine höchst ungern. Ich hatte keine Ahnung, warum ich weinen sollte, aber ihr

Lächeln war so süß, daß ich nicht versuchte, die Tränen zu unterdrücken.

„Die Person, von der Sie nicht möchten, daß Jessie ihr nacheifert, das bin ich. Nur gute Noten. Die beste Sportlerin der Schule. In jeder Sportart bewandert. Die Jüngste in meinem Semester mit einem Diplomabschluß. Lehrerin des Jahres im zweiten Berufsjahr. Und so weiter und so weiter. Meine erste Geliebte warf mir vor, die kleine Frau Perfekt zu sein. Das machte mich wütend, aber ich wußte, daß sie recht hatte. Nachdem sie gestorben war, zog ich hierher, um in Frieden zu leben. Ich hatte es satt, mit allem, was ich tat, Erfolg zu haben. Und dann überredete mich Martha, Privatdetektivin zu werden, was perfekt zu passen schien. Keine Erwartungen, keine Regeln, kein Druck. Außer daß ich mir den Druck immer selbst machte. Und immer noch mache. Ich kann nicht einfach Privatdetektivin sein, Maggie. Ich muß die beste sein, die es je gab. Ich mache nicht einfach Abendessen. Ich koche Gourmetgerichte. Es ist ein Charakterfehler, ich weiß, aber ich habe nie gedacht, daß ich damit jemandem schaden würde. Nun sagen Sie mir, daß ich vielleicht das einzige Kind, das ich wirklich mag, damit verrückt mache, und ich weiß nicht, was ich jetzt tun soll. Wie kann ich mich jetzt noch verändern?" Die Tränen liefen mir nun wirklich über die Wangen, und Maggie wischte sie mit der Hand weg. Ich war mir ziemlich sicher, daß dies kein psychotherapeutisches Standardverhalten war.

„Sie müssen sich nicht verändern, Cassidy. Zeigen Sie den Leuten einfach Ihre Verwundbarkeiten. Es gibt welche, ich bin mir ganz sicher." Sie lächelte, und ich lächelte zurück. Sie machte sich lustig über mich, tat es aber so lieb, daß es nicht wehtat.

„Vielleicht eine oder zwei." Ich wischte den Rest der Tränen ab. „Ich weine nicht immer so, glauben Sie mir."

„Das glaube ich", sagte sie. „Es ist kein schlechter Anfang. Ach übrigens, welche Gourmetküche pflegen Sie?" fragte sie leichthin.

„Nun, Kalbfleisch nicht", sagte ich, „weil es politisch so wenig korrekt ist, obwohl ich es liebe, unter uns gesagt. Schwierigkeiten habe ich mit Kaninchen und Lämmern. Aber von diesen Ausnahmen abgesehen, koche ich so ziemlich alles. Ich habe meine Lieblingsgerichte, aber noch lieber probiere ich neue Rezepte aus. Ich liebe die französische, mexikanische, italienische Küche, eigentlich alle. Das einzige, was mir lieber ist, als eine gute Mahlzeit zu kochen, ist, wenn jemand für mich kocht. Ich bin eine Gleichberechtigungsfeinschmeckerin."

„Dürfen es auch ganz gewöhnliche gefüllte Paprika sein?" fragte sie. „Ich habe welche im Ofen. Ich wohne einen Stockwerk höher. Bleiben Sie doch zum Abendessen, ich würde mich sehr freuen."

Ich sagte, ich bliebe gern, und das entsprach der Wahrheit. Wir stiegen die Treppe hinauf, ich bewunderte dabei ihre Bewegungen und fragte mich, warum ich mich soviel besser fühlte. Vielleicht sollte ich öfter weinen, dachte ich. Sie schloß die Wohnungstür auf und führte mich in ein luftiges, einladendes Zimmer. Die Sicht auf den Hafen war wunderbar, und die Einrichtung machte einen bequemen und bewohnten Eindruck. Auf dem Holzfußboden lagen bunte leichte Teppiche, und überall standen Plastiken. Maggie schaltete die Stereoanlage ein, und die volle, weiche Stimme Nina Simones erfüllte den Raum.

„Ich bin gleich wieder da", sagte sie. „Machen Sie es sich bequem."

Ich erinnerte mich, daß ich nicht wegen eines Falles hier war, aber meiner natürlichen Neigung zum Herumschnüffeln war schwer zu widerstehen. Es gab Dutzende von Skulpturen, manche von Katzen, aber die meisten von nackten Frauen. Maggie hatte einen ausgezeichneten Geschmack, stellte ich fest. An einer Wand hingen nur Schwarzweißfotos. Die meisten waren Schnappschüsse – eine oder zwei Frauen auf einem Surfbrett, eine halbes Dutzend Frauen beim Abseilen in einer Felswand, an einem dünnen Seil in der Luft hängend, und eines von einer Frau, die mit stierem Blick auf Skiern einen Hügel herunterraste. Ich bemerkte erschrocken, daß es Aufnahmen von Maggie waren.

„Ich hoffe, Sie mögen einen Cabernet", sagte sie, stellte sich hinter mich und legte die Hand auf meine Schulter. Die Berührung durchfuhr mich wie ein Blitz.

Ich nahm das Glas und lächelte. „Ich liebe Cabernet", sagte ich. „Wie gut sind Sie?"

„Wie bitte?" stammelte sie errötend.

„Im Klettern." Ich wies mit dem Kinn auf die Fotos.

„Oh, das", sagte sie. „Gottseidank. Ich dachte, Sie werden anzüglich."

„Später", sagte ich. Wir lachten beide.

„Klettern ist eine meiner Leidenschaften. Ich bin ziemlich gut. Letztes Jahr habe ich den Mount Picacho bestiegen. Warum fragen Sie?"

„Können Sie mir das Klettern beibringen?" fragte ich aufgeregt. Noch bevor sie antworten konnte, fügte ich hinzu: „Morgen abend? Nach Einbruch der Dunkelheit?"

„Was?" Sie schien nicht zu wissen, ob sie mich ernst nehmen sollte oder nicht.

„Ich muß den Weg auf einen kleinen Berg hinauf finden", sagte ich. „Eigentlich ist es nur ein großer Felsen. Aber es geht senkrecht hoch, wenn man nicht den Weg nimmt. Und das habe ich bereits getan." Ich erzählte ihr, daß ich mit Jessie oben auf dem Bergrücken gewesen war, von den Überwachungsanlagen, den Zelten und dem Reverend. Ich hatte das Vertrauen eines Klienten noch nie mißbraucht und hatte es auch jetzt nicht vor, aber weil ich dachte, es würde helfen, sie zu überzeugen, erzählte ich ihr von zwei schwulen Männern, die von einem erpreßt wurden, von dem ich mit Sicherheit annahm, daß es dieser falsche Reverend war. Ich ließ nichts aus über ihn. Als ich fertig war, stand sie auf und holte noch mal Wein für uns.

„Sie möchten also, daß ich Sie über die Felswand mitnehme, obwohl Sie noch nie im Leben geklettert sind?"

„Ich lerne schnell", sagte ich. „Und ich bin gut in Form."

„Das sehe ich", sagte sie trocken und betrachtete mich von oben bis unten. Ich spürte, wie mein Gesicht heiß wurde, bewahrte aber Haltung. Ich brauchte ihre Zustimmung.

„Und", fuhr sie fort, „Sie wollen, daß ich das tue, obwohl Sie annehmen, daß die Leute, die wir mitten in der Nacht heimsuchen, bewaffnet und gefährlich sind. So ungefähr, nicht wahr?"

„Ich erwarte nicht von Ihnen, daß Sie bis ganz oben mitkommen", sagte ich schüchtern. „Bringen Sie mich nur so weit hinauf, daß ich allein weiterkomme. Ich will mich nur umsehen, ohne von diesen Kameras beobachtet zu werden. Ich werde nicht länger als ein paar Minuten wegbleiben."

Sie lachte herzlich, ihre grünen Augen blitzten. „Was

für eine Charmeurin!" sagte sie. „Wie könnte ich widerstehen? Sagen Sie, haben Sie mit Frauen immer ein so leichtes Spiel?"

„Meistens", sagte ich grinsend, nahm ihr das Weinglas aus der Hand und stellte es auf den Tisch neben das meine. Ihr Gesicht war warm und glatt. Ich gestattete meinen Fingern, die samtene Haut ihrer Wangen und ihres Nackens zu erforschen, dann zog ich sie an mich und berührte ihre Lippen mit den meinen. Sie öffneten sich, weich und wunderbar, ich durfte sie leidenschaftlich küssen, und sie küßte mich zurück. Der Küchenwecker schrillte, sie löste sich zögernd und fuhr mit ihren Fingerspitzen zwischen meinen Brüsten bis zum Bauch hinunter, dann riß sie sich los. Wenn sie gewußt hätte, was das in mir auslöste, hätte sie mich nicht so stehen lassen. Ich folgte ihr in die Küche wie ein Hündchen.

„Laß mich das nur eben aus dem Ofen holen", sagte sie und griff nach den Topflappen. Doch ich war schneller, schaltete den Ofen aus und schloß die Klappe.

„Später", sagte ich und drehte sie zu mir herum. Meine Stimme klang heiser, was mir peinlich war. Ich preßte mich an sie und fühlte die plötzliche Reaktion ihrer Brustwarzen unter der Bluse. Wieder fanden meine Lippen die ihren, und diesmal war der Kuß so heiß, daß ich fürchtete, ihr wehzutun, weil ich ihren Rücken so heftig gegen die Anrichte preßte. Aber die Geräusche, die sie von sich gab, sagten mir, daß das, was sie fühlte, kein Schmerz war.

Ich war nicht sanft, aber ich konnte nichts dafür. Gierig glitt meine Hand über ihren Körper, ich genoß die weiche Wärme ihrer Brüste, die Hitze ihres Körpers. Ich fühlte jedes Stöhnen, mehr als ich es hörte, das heftige Atemholen, die wachsende Erregung. Meine eigene Erregung wurde unerträglich, und als ich ihre wunderbare Entspannung fühlte, kam auch ich zitternd und keuchend.

Es war zu schnell passiert. Ich war zu rauh gewesen. Ich war verlegen, weil mein Drang so groß war. Ich war ärgerlich. Wir waren immer noch voll angezogen und standen in der verdammten Küche! Wie kam es aber, daß ich mich so überglücklich fühlte, fragte ich mich und wunderte mich über meine widersprüchlichen Gefühle.

„Was ist so lustig?" Maggie hielt mich auf Armeslänge von sich, damit sie mein Gesicht sehen konnte.

„Es ist mir peinlich", sagte ich.

„Zu Recht", neckte sie mich. „Was war das? Ein Weltrekord? Du könntest ein Buch schreiben, *Der Zehnsekundenorgasmus.*" Langsam gefiel mir ihr Humor. Nur eine starke Frau konnte damit fertigwerden. Ich hielt mich für eine ziemlich starke Frau.

„Das war nur ein Vorspiel", sagte ich, denn ich hatte ein wenig meiner gewohnten Großspurigkeit zurückgewonnen. „Ich wollte dein Abendessen nicht kalt werden lassen."

„Welches Abendessen?" fragte Maggie mit anzüglichem Lächeln. „Los, komm mit."

Sie nahm meine Hand und führte mich in ihr Schlafzimmer, wo keine von uns beiden mehr ans Abendessen dachte, bis die Nacht weit fortgeschritten war. Als wir uns schließlich daran erinnerten, waren wir zu erschöpft, um uns etwas daraus zu machen.

13

Mein Schlaf war kurz, aber tief. Ich lag im Halbschlaf auf dem Bauch unter den verrutschten Laken, als der Duft von frischem Kaffee an meine Sinne drang. Ich blinzelte ins Licht und sah Maggies lächelndes Gesicht über mich gebeugt. Es ist also kein Traum gewesen, dachte ich grinsend. Zu gut, um wahr zu sein, hatte ich schon befürchtet.

„Unten wartet eine Klientin", sagte sie und berührte meine Stirn mit den Lippen. „Bleib, solange du möchtest. Ich rufe dich später an."

Sie wollte wegrennen, aber ich griff nach ihr und zog sie zu mir herunter, bis sie fast auf mir lag. Sie trug ein beigefarbenes Seidentop unter einer passenden Bluse, und als ich meine Hände über den seidigen Stoff gleiten ließ, fühlte ich ihre unmittelbare Reaktion.

„Cass", flüsterte sie, ihre Nase an meinem Nacken. „Es geht jetzt nicht."

Sie war so weich und warm, wie ich mich erinnerte, und ich konnte es nicht lassen, meine Hand unter ihren kurzen Rock gleiten zu lassen, über die seidige Weichheit ihrer Hüften und den noch seidigeren Stoff ihres Höschens.

„Cass", flüsterte sie heiser. „Ich habe eine Klientin unten." Ihr Worte wurden von flachem Atmen unterbrochen, als ich meine Hand höher gleiten ließ und ihre Reaktion auf jede Bewegung immer schneller wurde. „Wir können wirklich nicht", sagte sie schweratmend, wobei sie sich gegen meine Hand preßte. Aber wir konnten, und wir taten es. Wir wurden von lustvollen Schauern geschüttelt, dann lagen wir beisammen, atmeten einander heftig in die Haare, und unsere Herzen pochten im Gleichtakt.

„Das ist für deine kleine Bemerkung über den Zehnsekundenorgasmus", sagte ich, als ich schließlich wieder zu Atem kam.

Sie antwortete, indem sie mir in den Nacken biß – kein unangenehmes Gefühl.

„Ich werde unten nie einen gefaßten Auftritt machen können." Sie sprang vom Bett auf und zog sich die Sachen glatt. Ich setzte mich auf und beobachtete sie mit breitem Grinsen. Sie sah wunderschön aus, mit und ohne Kleider. „Ich wage es nicht, mich mit einem Kuß zu verabschieden", sagte sie und stemmte in gespieltem Ärger die Arme in die Hüften.

„Ich werde dich nicht ein einziges Mal berühren." Ich hob meine Hände in Unschuld. „Versprochen." Sie beugte sich herab und setzte einen keuschen Kuß auf meine Lippen. „Ich habe gelogen", sagte ich, schlang die Arme um sie, zog sie zu mir und küßte sie leidenschaftlich. Als wir beide anfingen zu reagieren, ließ ich sie los, aber sie blieb liegen.

„Ich werde dich heute vermissen", murmelte sie.

„Ich vermisse dich jetzt schon", antwortete ich. Und das war nicht gelogen. Als ich ihr nachblickte, wie sie aus dem Zimmer ging, war ich traurig und irrsinnig glücklich zugleich.

Ich sammelte meine Kleider ein, die sich wie von selbst im Zimmer verstreut hatten, und machte das Bett. Ich roch ihr Parfüm auf den Kissen und fand es schrecklich erregend. Ich trank ein paar Schlückchen von dem Kaffee, den sie mir gebracht hatte, warf einen letzten Blick auf das Bett und ging dann hinaus. Der Tag war bedeckt, aber ich pfiff auf dem ganzen Weg zu meinem Jeep vor mich hin.

Als ich nach Hause kam, waren die Katzen ganz schön aufgebracht. „Wo bist du gewesen?" miauten sie. „Was ist das für ein Geruch an dir?" wollten sie wissen. „Wo ist unser Frühstück?" schimpfte Gammon.

Nun, wenigstens in diesem Punkt konnte ich abhelfen. Nachdem ich eine Dose des besten Katzenfutters geöffnet und in ihre Schüssel gelöffelt hatte, hörte ich meine Anrufe ab. Ich war verblüfft von der Stimme, die da erklang.

„Cassidy? Hallo, hier ist Erica. Wo warst du denn? Hör mal, ich muß mit dir reden. Ich war in letzter Zeit nicht sehr mitteilsam. Ich war schrecklich, ehrlich gesagt. Aber ich will es wiedergutmachen. Außerdem habe ich dir viel zu erzählen. Bitte ruf mich zurück! Ich vermisse dich." Dann hörte ich den langen Ton, stand da und starrte auf den Apparat.

„Erica Trinidad", sagte ich laut. „Du hast ein ganz mieses Timing."

Ich duschte mich und machte mir einen Toast zurecht, obwohl mir irgendwie der Appetit vergangen war. In meinem Kopf schwirrten die Gedanken, und in meinem Herzen herrschte Aufruhr. Meine Sinne waren noch ganz erfüllt von Maggie, und doch ließ Ericas Stimme sofort wieder Bilder einer ähnlichen Leidenschaft in mir aufsteigen. Ich konnte sie nicht zurückrufen. Noch nicht. Ich mußte mir erst klarwerden, was ich wollte.

Als das Telefon klingelte, hätte ich beinahe nicht abgenommen. Was, wenn Erica anriefe? Was würde ich ihr sagen? Nach dem fünften Klingeln griff ich schließlich nach dem Hörer.

„Ms. James?"

„Ja bitte?"

„Hazel Krause hier. Sie müssen etwas tun! Diesmal sind sie zu weit gegangen!" Ihre Stimme bebte, sie war am Rand der Hysterie.

„Was ist passiert?" fragte ich. „Wo sind Sie?" Es klang, als wäre sie bei einem Fußballspiel.

„Ich bin am Hafen", wimmerte sie. „Sie haben versucht, mich umzubringen, ich bin mir ganz sicher! Und den armen kleinen Tommy hat es erwischt." Sie klang, als würde sie gleich zu schluchzen anfangen.

„Mrs. Krause, ich komme sofort. Aber bitte, sagen Sie mir, was passiert ist."

„Ich bin in die Stadt gefahren, um Lebensmittel einzukaufen", sagte sie schniefend. „Ich war nur etwa eine Stunde weg. Als ich zurückkam, bat ich Tommy, das Boot aufzutanken, das tat er, und dann warf er den Motor für mich an. Normalerweise mache ich das selbst. Aber ich hatte die Milch auf dem Vordersitz meines Autos vergessen und rannte zurück, um sie zu holen. Ich war erst auf halbem Weg, da hörte ich die Explosion. Ich drehte mich um und sah Tommy wie eine Rakete durch die Luft fliegen. Mein Boot ist vollständig zertrümmert."

„Und Tommy?" fragte ich und versuchte meine aufsteigende Panik zu unterdrücken.

„Er hat schreckliche Verbrennungen! Der Krankenwagen ist jetzt da. Aber er lebt, Gottseidank. Ich weiß, daß die Bombe mir gegolten hat!"

„Die Bombe?" Mein Herz raste.

„Was sonst?" fragte sie mit gebrochener Stimme.

„Ich komme sofort, Mrs. Krause. Warten Sie auf mich."

Ich flog förmlich den Weg zum Boot hinunter und raste über den See zum Hafen. Bootsexplosionen gibt es immer wieder, sagte ich mir. Direkt im Cockpit der Boote stehen Warnhinweise. Man soll vor dem Anlassen des Motors das Gebläse volle fünf Minuten laufen lassen, weil sich immer Gase bilden und das Boot in die Luft jagen können, wenn der kleinste Funke überspringt. Das ist schon öfter vorgekommen. Die meisten Leute, ich eingeschlossen, sind aber eher nachlässig. Wenn ich das Gebläse einschalte, lasse ich es selten volle fünf Minuten laufen. Oft vergesse ich diese Sicherheitsmaßnahme ganz einfach. Wie jetzt, dachte ich und gelobte insgeheim, das Gebläse künftig immer zu benutzen.

Aber im Hinterkopf dachte ich immer wieder an das, was der Sheriff über Herman Hughs frühere Erfahrung mit selbstgebastelten Bomben gesagt hatte, und ich fragte mich ernsthaft, ob er Hazel Krause nicht nachhelfen wollte, den Hügel zu verlassen und zwar endgültig.

Auf dem Zufahrtskanal zum Hafen schwammen überall Trümmer des Bootes. Ich suchte mir zwischen Aluminiumresten, Fiberglasteilen und Segeltuchfetzen einen Weg. Das Dock war voller Menschen, unmöglich, mein Boot irgendwo unterzubringen. Ich manövrierte mich durch das Durcheinander und mußte es schließlich ganz am Ende des Stegs an ein anderes Boot binden. Ich kletterte über den Bug, sprang in das andere Boot und stieg an Land. Ich drängte mich durch die lärmende Menge und ging zu Booker, der ringsum Anweisungen zu erteilen schien.

„Wie geht es Tommy?" fragte ich und ignorierte die Blicke der Leute, die ich zur Seite geschubst hatte.

„Glück gehabt", antwortete Booker mit einem Stirnrunzeln auf dem sonst so hübschen Gesicht. „Der Junge hat Verbrennungen an beiden Beinen und am Oberkörper, aber das Gesicht ist unversehrt. Wenn er auf dem Vordersitz gesessen hätte, anstatt durch das offene Fenster nach dem Zündschlüssel zu greifen, würden seine Körperteile jetzt einzeln draußen auf dem See mit dem anderen Zeug herumschwimmen. Aber er wird wieder gesund werden."

„Gottseidank", sagte ich zutiefst erleichtert. „Haben Sie Mrs. Krause gesehen?"

„Ist das die Besitzerin?" fragte er. Ich nickte und sah mich zu einer Entscheidung gezwungen. Booker wußte, daß ich den Reverend und vielleicht auch Herman Hugh mit den Erpressungen in Verbindung brachte. Er wußte, daß Herman Hugh Bomben bastelte. Er wußte allerdings nicht, daß Hazel Krause eines der Erpressungsopfer war und überdies meine Klientin, der ich Vertraulichkeit schuldete und versprochen hatte. Ich hatte dieses Vertrauen fast gebrochen, als ich Maggie den Fall erzählte. Guten Gewissens konnte ich das nicht noch einmal machen. Es war eine Sache des beruflichen Ethos. Wenn ich es Booker aber nicht erzählte, würde er glauben, es sei wieder ein Fall von nicht eingeschaltetem Motorgebläse. Ich biß mir auf die Unterlippe und wagte den Sprung.

„Ob es eine Bombe war? Was meinen Sie?" fragte ich betont beiläufig.

„Eine Bombe? Wie kommen Sie auf diese Idee?"

„Nur so ein Gedanke."

„Cassidy James" sagte er mit bohrendem Blick. „Wenn Sie etwas wissen, spucken Sie es besser aus." Tom Booker war mein Freund. Aber er war auch der Sheriff.

„Ich kann das Vertrauen eines Klienten nicht mißbrauchen", flüsterte ich.

Er näherte sich und gab vor, die Reste des Bootes zu inspizieren. „Die Besitzerin des Bootes ist Ihre Klientin?"

Ich nickte und fühlte mich miserabel.

„Die erpreßt wird, damit sie den Hügel verläßt?" fuhr er ungläubig fort.

Ich nickte wieder.

„Glauben Sie, daß es da einen Zusammenhang gibt?" fragte er. Er sah mich an, und ich hielt seinem Blick stand. Ich sagte kein Wort, aber die Botschaft war klar. „Herrgottsakrament" murmelte er und steckte sich einen Zahnstocher in den Mundwinkel. „Mir schwant Böses." Er sah in den stahlgrauen Himmel. Wenn Booker aufgeregt war, reduzierte sich sein Vokabular auf Flüche und Klischees.

„Ich muß mich um meine Klientin kümmern", sagte ich. „Ich wäre Ihnen dankbar, wenn Sie sich nicht anmerken lassen würden, daß Sie von der Erpressung wissen."

„He, Cassie. Ich bin zwar ein Mann, das heißt aber nicht, daß ich ein unsensibles Rindvieh bin." Er sah mich beleidigt an und lächelte.

„Danke, Tom", sagte ich.

„Ich danke Ihnen, Cass. Sobald ich einen Bombenspezialisten aus Kings Harbor hier habe, um die Sache zu prüfen, will ich mich mit Ihrer Klientin unterhalten. Bitte halten Sie die Frau in der Nähe!"

„Aber sicher." Ich drehte mich um, drängte mich durch die wogende Menge und machte mich auf die Suche nach Hazel Krause.

Bald stellte ich jedoch fest, daß Hazel weg war. Ihr Auto war nicht mehr da und sie auch nicht. Es war ihr nicht zu verdenken. Die Vorstellung, daß jemand versucht, einen umzubringen, würde jeden in die Flucht schlagen, auch mich. So oder so, dachte ich, der Reverend bekommt, was er will. Jetzt lebten nur noch Rick und Towne auf dem Hügel. Hazel Krause würde wohl so schnell nicht zurückkommen.

14

Ich überlegte, ob ich Booker in meinen Plan, heute nacht über den Felsen auf den Hügel zu klettern, einweihen sollte. Aber er würde mir das Vorhaben sicher ausreden wollen, ich war jedoch von seiner Notwendigkeit überzeugt. Ich dachte daran, Martha anzurufen, wollte aber noch nicht über Maggie sprechen, und Martha merkte sofort, wenn ich ihr etwas verschwieg. Innerhalb von Minuten hätte sie die ganze Geschichte erfahren, und dann gäbe es allerhand stichelnde, neugierige Fragen über die Qualität der Angelegenheit. Und dann würde sie natürlich die Vierundzwanzigtausend-Dollar-Frage nach Erica stellen, und der war ich einfach noch nicht gewachsen.

Deshalb rief ich weder Booker noch Martha an, sondern Maggie. Wir verweilten kurze Zeit bei den Plänen für heute abend und längere Zeit dabei, uns nette Sachen über die letzte Nacht ins Ohr zu flüstern. Dann rief ich Rick an und erzählte ihm, was Maggie und ich vorhatten.

„Ich habe eure Namen nicht erwähnt", versicherte ich.

„Aber warum denn nicht? Ich bitte dich, Cassidy. Ruf sie sofort an und erzähl ihr alles. Dann könnt ihr beide mit uns zu Abend essen, bevor ihr den Aufstieg macht. Oh, warte, ich sage es Towne!"

Keine schlechte Idee. Wir könnten auf ihrer Straße an den anderen Häusern vorbei hinauflaufen und von dort aus anfangen zu klettern. Ich dankte Rick und kündigte uns für sieben Uhr an.

Ich fand die Telefonnummer von Hazel Krauses Sohn in Kings Harbor und hatte seine Frau am Apparat. Es kostete mich erhebliche Mühe, sie zu überzeugen, daß ich wirklich eine Freundin war, dann sagte sie, ja, Mrs. Krause wohne nun eine Zeitlang bei ihnen und würde diesen Sommer nicht mehr an den See zurückkehren.

Ich hinterließ Namen und Telefonnummer, wobei ich sorgfältig darauf achtete, mich nicht als Privatdetektivin zu erkennen zu geben. Hazel sollte mich anrufen, wenn sie sich wieder gefaßt hatte. Ich konnte ihr wenigstens das Geld zurückgeben, dachte ich und fühlte mich mies und dafür verantwortlich, daß meine Klientin beinahe Opfer eines Mordanschlags geworden war.

Ich wußte, daß Maggie sagen würde, das sei ein weiteres Beispiel für meine Omnipotenzphantasien, aber ich fühlte mich nun mal verantwortlich. Während ich rumrannte und mir den Kopf zerbrach, schmiedeten die Erpresser meiner Klientin Mordpläne. Nicht, daß ich es schon beweisen konnte. Aber das würde sich ändern. Ein guter Zeitpunkt, dachte ich, ein paar Schießübungen zu machen.

Ich versicherte mich, daß die Katzen im Haus waren, und nahm meine Smith & Wesson .38 mit hinaus. Ich folgte dem Fluß aufwärts durch eine steile Schlucht zu einer Lichtung, wo ich mit Heuballen einen Schießplatz gestaltet hatte. Martha hatte mir geholfen, das Areal herzurichten und die Heuballen herzuschleppen. Hin und wieder stiegen wir hier herauf, um Zielübungen zu machen. Meist wurde ein Wettbewerb daraus, wobei die Preise unterschiedlich sein konnten, von einem tollen Nachtisch, wenn ich verlor – Marthas Kochkünste reichten nur zum Dosenöffnen –, bis zu einer Rückenmassage, Marthas Spezialität. Ursprünglich war Martha die bessere Schützin, aber ich hatte aufgeholt, und sie beschuldigte mich, hinter ihrem Rücken zu üben, was ich natürlich bei jeder Gelegenheit tat. So sehr ich anfangs den Gedanken an den Kauf einer Waffe abgelehnt hatte, entdeckte ich schließlich, daß es mir Spaß machte, zu zielen und zu treffen.

Ein einziges Mal hatte ich wirklich eine Pistole benötigt, aber da wurde ich gezwungen, sie aus der Hand zu legen. Ich wußte, ich konnte die beste Schützin der Welt sein, es würde mir nichts nützen, wenn ich nicht den Mut aufbrachte, die Waffe im richtigen Moment zu gebrauchen. Ich war mir, ehrlich gesagt, nicht sicher, ob ich imstande wäre, abzuziehen, aber ich fühlte mich besser, wenn ich wußte, daß die Pistole da war, und als ich Haltung einnahm und Runde für Runde schoß, war mir klar, daß ich die Pistole heute abend mitnehmen würde.

Ich war erst halb durch mein Trainingsprogramm, als mir ein Gedanke kam. Ich eilte zurück ins Haus, spielte Marthas Nachricht noch einmal ab und notierte die Namen der Firmen, die mit Loveland verbunden waren. Booker hatte gesagt, daß Reverend Love in keinem Verzeichnis auftauchte. Ich überlegte, ob ich herausfinden konnte, wer er war, wenn ich diese Firmen nachrecherchierte.

Die Meyerson Corporation war mit Loveland am engsten verbunden, deshalb nahm ich mir die zuerst vor. Ich hätte zwar in mein Boot steigen und zur Bibliothek von Kings Harbor fahren können, wo ich wahrscheinlich eine Liste der Firmen und Firmensitze fände, wäre dann aber unmöglich rechtzeitig wieder zurück, um Maggie abzuholen. Und ich wollte mehr über den Reverend wissen, bevor wir uns an den Aufstieg machten. In nächster Zeit würde ich technisch aufrüsten müssen, schalt ich mich, nicht zu erstenmal. Mein Computer hatte nicht mal genug Speicherkapazität, um das Internet richtig nutzen zu können. Ich mußte wohl oder übel in den sauren Apfel beißen und mir eine modernere Ausrüstung kaufen.

Ich rief Martha an, weil ich die notwendige Erstinformation von ihr zu bekommen hoffte, aber sie war weg. Deshalb besann ich mich auf die guten alten Detektivmethoden.

Ich nahm eine Karte von Idaho und fing an, in jeder größeren Stadt die Informationsbüros anzurufen. Als ich mich bis zu den kleinen Städten durchgearbeitet hatte, merkte ich, daß es meine Telefonrechnung in astronomische Höhen trieb. Wenigstens waren die Auskunftspersonen freundlich. Schließlich wurde ich in McCall fündig.

„Meyerson Corporation", flötete eine junge Stimme. Sie kaute Kaugummi in den Hörer.

„Ja, hallo. Vielleicht können Sie mir helfen. Ich rufe aus dem All Saints Memorial Hospital in Eugene, Oregon, an. Wir haben eben einen Patienten mit einer Schädelverletzung aufgenommen."

„Hm, hm?"

„Wir wollten die Angehörigen verständigen, können es aber nicht, weil der Patient bewußtlos ist und keine Papiere bei sich trägt. Der arme Mann wurde anscheinend niedergeschlagen und ausgeraubt."

„Hm?" Sie hatte aufgehört zu schmatzen, hörte also zu.

„Alles, was wir von ihm haben, ist diese Telefonnummer, deshalb hoffe ich, daß jemand bei der Identifikation des Opfers helfen kann. Soll ich den Mann beschreiben?"

„Was sagten Sie, wer Sie sind?"

Ich wiederholte den Namen des Krankenhauses und garnierte mich mit einem Doktortitel.

„Augenblick bitte."

Während ich wartete, wurde ich mit einer Oldie-Mischung berieselt. Als sie wieder an den Apparat kam, summte ich bereits mit.

„Mr. Barry ist nicht in seinem Büro. Aber seine Sekretärin ist bereit, die Beschreibung aufzunehmen, wir rufen Sie zurück, wenn wir helfen können."

„Der Zeitfaktor spielt eine große Rolle, verstehen Sie. Ich kann dranbleiben, wenn Sie nur fragen könnten, ob jemand die Beschreibung bekannt vorkommt." Ohne ihre Antwort abzuwarten, beschrieb ich Reverend Love in allen Details.

„O mein Gott!" sagte sie. „Wird er durchkommen?"

„Sie kennen ihn?"

„Mary! Es ist Reverend Lowell!" schrie sie entsetzt. Dann sagte sie: „Er hat außerhalb der Stadt eine Kirche gehabt. Unter der Woche arbeitete er für Mr. Barry."

„Vorname?" Ich schrieb eilig mit.

„O je, das weiß ich nicht. Alle nannten ihn Reverend."

„Haben Sie seine Adresse und Telefonnummer? Können wir mit jemanden Kontakt aufnehmen?"

„Augenblick bitte." Ich hörte, wie sie in ihrer Kartei blätterte. „Oh, da ist er. Alex Lowell. Er war nur ein Jahr hier. Kam von einer Kirche aus Portland. Das ist die einzige Nummer, die wir haben. Ich glaube, er hatte keine Angehörigen. Die Kirche hat seine ganze Zeit in Anspruch genommen."

„Welche Religion hat er vertreten?" fragte ich.

Sie ließ ihre Kaugummiblase platzen. „Gott, als ob das jemand gewußt hätte. Es war keine Kirche, an die man sich einfach so wenden konnte. Die meisten von uns gehen in die trinitarisch-lutherische. Aber er hatte durchaus seine Anhänger. Sie hatten immer diese wochenlangen Rüstzeiten, dann fehlte er bei der Arbeit. Wenn sich eine von uns das erlaubt hätte, wäre sie geflogen, aber der Chef ließ ihn gewähren, wohl weil er Geistlicher war. Fragen Sie wegen der Sterbesakramente?"

„Nun, wir hoffen, daß es nicht soweit kommt. Was hat Lowell bei Meyerson getan?"

„Der Reverend? Er war im Vertrieb."

„Und was vertreibt die Meyerson Corporation?" fragte ich und hoffte, damit mein Glück nicht allzu sehr herauszufordern. Es entstand eine kurze Pause.

„Schußwaffen", sagte sie.

Sie wollte mich eben bitten, meinen Namen zu wiederholen, da legte ich auf. Ich sah auf die Uhr. Es war Zeit, Maggie abzuholen.

15

Maggie sah in Schwarz wunderbar aus. Ihre olivfarbene Haut und die grünen Augen schienen wie gemacht für Rollkragenpullover, und ich mußte mich zwingen, sie nicht über den Tisch hinweg mit den Augen zu verschlingen. Rick war in seinem Element, hatte das „gute Porzellan" aufgedeckt und versuchte, nicht das Gesicht zu verziehen, als wir seinen Wein zurückwiesen. Maggie und ich waren uns einig: Für das, was vor uns lag, brauchten wir all unsere Sinne. Wir aßen einen Spinatsalat mit Feta und Pinienkernen, ein Stück Sauerteigbrot und tranken ein Glas Zitronenwasser. Ich hatte Rick gesagt, daß wir nur einen leichten Salat zu uns nehmen wollten, und obwohl er vermutlich ein wenig beleidigt war deswegen, hatte er gekocht wie ein Profi. Er war so entzückt von dem Gedanken an Maggie und mich als Paar, daß er wohl auch damit zufrieden gewesen wäre, nur Frühstücksflocken servieren zu dürfen. Er strahlte uns ununterbrochen an, seine Augen leuchteten wie die eines Kindes unterm Christbaum. Auch Towne schien sich zu freuen.

„Erzählt es noch einmal", sagte Rick. „Keine von euch hatte die leiseste Ahnung, als ihr euren Termin festgelegt habt?" Er hatte es bereits dreimal gehört.

„Rick, laß sie in Ruhe", neckte Towne. „Siehst du nicht, daß du sie in Verlegenheit bringst?"

„Nein", sagte Rick entrüstet. „Oder? O Gott, wirklich."

Maggie und ich lachten, und ich brachte es fertig, sie unter dem Tisch mit dem Fuß zu berühren. Da merkte ich, daß ich zehn Minuten lang das Tischbein mit den Zehen bearbeitet hatte, in der Meinung, es sei sie. Jetzt, als ich wirklich ihren Fuß erwischt hatte, merkte ich den Unterschied, und das schickte eine Reihe von Purzelbäumen durch meinen Magen.

„Cass, habt ihr euch Gedanken gemacht, was passiert, wenn sie euch beim Herumschnüffeln erwischen?" fragte Towne auf seine vernünftige Art.

An diese Möglichkeit zu denken hatte ich bisher, ehrlich gesagt, vermieden.

„Sie werden mich nicht erwischen", sagte ich. „Ich werde sehr leise und sehr schnell sein. Ich will nur wissen, was da oben vorgeht, ohne daß sie es merken. Wir sollten zurücksein, noch bevor ihr uns vermißt."

„Wie lange werdet ihr für die Kletterei brauchen?" fragte Towne.

Maggie und ich hatten den Hügel auf der Überfahrt vom Boot aus betrachtet und uns die Route ausgeguckt.

„Nicht mehr als eine halbe bis eine Stunde, würde ich sagen, je nachdem, wie viele Pausen wir machen müssen", sagte sie. Wobei sie meinte, je nachdem, wie gut ich mithalten konnte.

„Wenn ihr also gegen zehn Uhr startet, solltet ihr nicht später als elf Uhr oben sein. Richtig?" fragte Towne. „Wenn Cass sich an ihr Wort hält und sich nur zehn Minuten lang umsieht und ihr für den Abstieg genauso lange braucht, solltet ihr kurz nach Mitternacht wieder hier sein. Was meint ihr, kommt das ungefähr hin?"

„Ihr müßt es ihm nachsehen", sagte Rick. „Er ist so lange Wirtschaftsprüfer, er hat vergessen, daß nicht alle so pingelig sind wie er. Manchmal glaube ich, daß er auch die Zeit mißt, die ich im Bad verbringe."

Wir lachten, und Maggie stand auf, um Rick beim Geschirrabräumen zu helfen.

„Keine Sorge, Towne. Es wird schon klappen", sagte ich. „Wenn wir um zwei Uhr morgens nicht zurück sind, ruf bitte Sheriff Booker und Martha Harper an. Sag ihnen, wohin wir gegangen sind, und sie werden wissen, was zu tun ist." Ich notierte ihre Telefonnummern und schob ihm den Zettel hin. Sein Blick war voller Besorgnis.

„Ich rufe sie um ein Uhr an, Cass. Wenn ihr um eins nicht zurück seid, rufe ich an." Klang er nun wie ein kleines Kind oder wie ein besorgter Vater? Egal, es war nett zu wissen, daß sich jemand um uns kümmerte.

Während wir auf die Dunkelheit warteten, nahm mich Maggie mit hinters Haus und ging noch einmal ihre Anweisungen mit mir durch.

„Wenn ich ‚sichern' rufe, was heißt das für dich?" fragte sie und half mir, die Seile anzulegen. Sie hatte mir bereits gezeigt, wie Karabinerhaken funktionieren und wie bestimmte Knoten zu knüpfen sind, falls etwas schiefgeht.

„Es heißt, daß du den Haken in den Felsspalt gesetzt hast und bereit bist, mich nachzuholen", sagte ich. „Schrei aber nicht zu laut. Wir wollen sie nicht alarmieren."

„Der Ton wird nach unten getragen", erklärte sie. „Außerdem sollten sie, wenn es stimmt, was du sagst, auf der anderen Seite des Hügels sein. Vergiß nicht, du darfst dich nicht bewegen, bis du mich rufen hörst."

„Und wenn ich dann klettere, rufe ich ‚ich komme'", sagte ich. „Und wenn ich anfange zu fallen, schreie ich ‚ich falle', stimmt's?" Sie hatte es mir schon dreimal erklärt.

„Blaff mich nicht an, Cass. Es könnte passieren. Sieht aus wie eine Klettertour vierten Grades. Besonders in der Dunkelheit. Du mußt wirklich sehr vorsichtig sein. Also, wie lautet die Regel vom Seil?"

„Ich fasse es nicht an", sagte ich mit beginnender Nervosität. „Ich suche mit Händen und Füßen nach Spalten. Und ich achte darauf, nie alle Viere ausgestreckt zu haben."

„Gut", sagte sie. „Aber meistens benutzt du die Beine. Darin liegt deine Kraft. Und du bleibst in der Wand, indem du drei Stützpunkte benutzt, nie vier. Mit der einen Hand oder dem einen Bein bewegst du dich vorwärts. Wenn du an allen Vieren ausgespreizt hängst, steckst du fest. Wenn du also zu mir heraufgeklettert bist, was tust du dann?"

„Ich küsse dich leidenschaftlich und versuche dich auf der Stelle zu verführen?" fragte ich. Maggie brachte ein kleines Lächeln zustande, sah mich dann aber ernst an. „Schon gut, schon gut", sagte ich grinsend. „Dann fange ich an, das Seil aufzurollen. Wenn du weiterkletterst, gebe ich Seil zu, bis du den nächsten Standplatz erreichst, dort befestigst du einen Haken und rufst mir wieder zu."

Ich fühlte mich wie ein Schulmädchen im mündlichen Examen. Es war aber die reale Prüfung, die mir Sorgen machte.

Maggie mußte meine wachsende Unsicherheit gespürt haben, denn sie legte den Arm um mich und drückte meine Schulter. Dann zeigte sie mir die verschiedenen Arten, sich an Spalten und Felsvorsprüngen festzuhalten, und ich mußte die Griffe nachmachen.

„Den Abstieg machen wir mit Hüpfen", sagte sie. „Der Anfang wird der härteste Teil sein, weil du einen Schritt nach rückwärts über die Felskante machen mußt. Aber du kannst das Seil benutzen und brauchst nicht nach Spalten und Vorsprüngen zu suchen. Es macht wirklich Spaß, wenn du den Dreh raushast." Sie machte eine Pause und wartete, ob ich die Anspielung verstanden hatte. Ich zog eine Grimasse, und sie fuhr fort. „Leider mußt du als erste gehen, und ich kann es dir nicht einmal zeigen. Mach einfach kleine Hüpfer und gib langsam Seil. Bevor du dich umsiehst, wirst du am Fuß des Felsens sein."

Sie überprüfte noch einmal die Seile, Karabiner, Haken und Sicherheitsanker, und ich griff nach der beruhigenden Wölbung des Pistolenhalfters unter meiner Jacke. Seile waren vielleicht nicht die einzige Sicherheitsmaßnahme, die wir nötig hatten, dachte ich und war froh um die kleine Unbequemlichkeit der Pistole. Andererseits stellte ich mir langsam die Frage, ob wir den Felsen überhaupt schaffen würden. Es hörte sich nun doch schwieriger an, als ich gedacht hatte.

Es war fast dunkel, als wir zum Fuß des Berges kamen, und zum erstenmal hatte ich wirklich Angst. Von unserem Standort sah der Fels aus, als ginge es eine Meile senkrecht nach oben. Der Mond stand weit im Osten und sandte nur einen dünnen Silberstrahl über den Himmel.

Maggie flüsterte mir letzte Anweisungen zu und begann mit dem Aufstieg. Die rauhe Oberfläche des Felsens schien genug Vorsprünge für die Füße zu haben, und ich versuchte mir zu merken, welche Griffe sie nahm und wo sie die Füße setzte. Bei ihr sah es leicht aus, aber ob ich es ihr nachtun konnte?

Es dauerte nicht lange, da hörte ich sie weit über mir den Haken einschlagen. Ich wartete, bis ihr Kommando ertönte, schickte ein Stoßgebet zum Himmel und stieg in den rauhen Felsen ein. Den Blick nach unten vermied ich tunlichst.

Ich hatte eben einen Rhythmus gefunden, da rutschte mein Fuß aus, und ich fühlte mich beinahe fallen. Meine Finger gruben sich haltsuchend in den rutschigen Stein, und mein rechtes Bein suchte wild zappelnd nach einem Felsvorsprung. Endlich fanden meine Zehen einen Halt, und ich schaffte es, mich wieder an den Felsen zu drücken. Leider mußte ich feststellten, daß ich mich in die gefürchtete Spreizposition gebracht hatte.

Maggie hatte mir nicht gesagt, was ich in diesem Fall tun sollte, nur davor gewarnt. Es sollte nicht passieren, aber nun war es passiert. Okay, Cassidy, sagte ich zu mir, du kommst nicht vorwärts, wenn du nicht eine Hand oder einen Fuß losläßt. Meine linke Hand hatte den besten Griff, dieser Arm war aber schon so weit wie möglich ausgestreckt. Meine rechte Hand hatte einen dürftigen Griff in einem winzigen Riß, aber ich war mir nicht sicher, ob mich die Füße halten würden, wenn ich diese Hand losließ. Wenn ich meinen linken Fuß ein wenig höher, in eine breitere Rille stellen könnte, wäre es vielleicht möglich, die rechte Hand zu bewegen. Das Problem war, daß ich so nah an den Felsen gedrückt war, daß ich nicht nach Rissen suchen konnte. Nun, wozu gibt es das verdammte Seil, dachte ich grimmig. Eines war sicher, so konnte ich nicht bleiben. Meine Beine und Hände fingen an, sich zu verkrampfen.

Langsam hob ich mein linkes Bein, hielt mich so gut wie möglich an den anderen drei Punkten fest und suchte damit einen Halt. Als ich meine Zehen in einen Spalt steckte, der sich beachtlich groß anfühlte, weinte ich fast vor Freude. Jetzt konnte ich die rechte Hand bewegen, einen besseren Halt finden und von dort aus weiterklettern. Als ich Maggie erreichte, grinste sie idiotisch.

„Nicht schlecht für eine Anfängerin", sagte sie, als ich neben ihr auf den Fels niedersackte.

„O Gott! Wer hatte bloß diese blöde Idee?" keuchte ich. Ich hatte noch nie im Leben so schwer gearbeitet.

„Du machst es gut" sagte sie. „Jetzt kommt das Gleiche noch mal. Siehst du dieses Felsband?"

Ich sah keines, nickte aber.

„Los, wir wickeln das Seil auf, und weiter geht's." Ich glaube, sie genoß die Tatsache, daß ich nun nicht mehr so forsch war wie zu Anfang. Falls wir je diesen Berg wieder herunterkämen, versprach ich mir, würde ich Ms. Maggie zum Reiten mitnehmen. Sheriff Booker hatte einen zweijährigen Mustang, mit ausgeprägter Neigung zum Bocken, der wäre gerade recht für sie.

Als wir schließlich oben waren, lief mir der Schweiß in Strömen herab, meine Finger bluteten, aber ich fühlte mich seltsam belebt. Maggie strahlte mich an wie eine Mutter ihr Baby, das zum erstenmal das Töpfchen benutzt hat. Ich konnte es nicht ändern, auch ich war ziemlich stolz auf mich.

„Okay", flüsterte ich, als ich wieder zu Atem kam. „Bleib hier und rühr dich nicht. Es sollte nicht lange dauern."

„Ich komme mit", sagte sie. „Wie willst du diese Stelle im Dunkeln wiederfinden? Vielleicht müssen wir von einer anderen Stelle aus absteigen. Deshalb müssen wir zusammenbleiben."

Das war zwar nicht geplant, aber sie hatte recht. Wenn ich ging, war sicher, daß ich die Stelle nicht wiederfände.

„Gut", sagte ich widerstrebend. „Bleib dicht bei mir und duck dich." Diese Änderung des ursprünglichen Plans gefiel mir nicht. Zu zweit war es doppelt schwer, sich leise zu bewegen. Aber jetzt darüber zu streiten, war sinnlos. Wir waren hier, und nun mußte es eben losgehen.

Ich hielt mich nahe an den Bäumen und bewegte mich von einer riesigen Zeder zur nächsten. Maggie wartete jedesmal ab, bis ich stillstand und lauschte, dann folgte sie mir nach. Wir kamen nur langsam vorwärts, das Knacken der Zweige unter unseren Füßen klang manchmal ohrenbetäubend, was meinen Herzschlag unnatürlich beschleunigte. Manchmal hörte ich vor uns einen Zweig knacken, ich hielt an und lauschte angestrengt, aber es waren wohl nur kleine Nager oder ein Vogel. Die Wälder waren voller Tiere, und ich wollte lieber nicht daran denken, was uns da im Dunkeln begegnen konnte.

Wir waren etwa fünfhundert Meter gegangen, als wir ein Zischen hörten, gefolgt von einem Knall und einem spitzen Schrei. Da waren Schritte, keine hundert Meter entfernt. Wir erstarrten, hielten die Luft an und versteckten uns hinter einem Baum. Es raschelte, dann herrschte vollkommene Stille. Ich lauschte angestrengt und wagte kaum zu atmen, aber die Nacht war wieder ruhig.

„Was meinst du, was das war?" flüsterte Maggie fast unhörbar. Ich berührte meine Lippen mit dem Finger und schüttelte den Kopf. Ich hatte keine Ahnung. Wir standen eine Ewigkeit so da und bohrten unsere Augen in die Dunkelheit. Schließlich bewegte ich mich. Wir konnten vor oder zurück gehen, aber nicht ewig stehen bleiben. Ich machte einen vorsichtigen Schritt, dann den nächsten, und als das geräuschlos ging, faßte ich Mut. Langsam schoben wir uns vorwärts.

Plötzlich spürte ich eine Bewegung, keine fünfzig Meter von uns entfernt. Ich drehte mich um und gab Maggie ein Zeichen, daß sie stehenbleiben sollte, aber sie war schon unterwegs zum nächsten Baum. Ich ging zurück, und da sah ich eine Gestalt. Im schwachen Mondlicht war ein Mann zu erkennen, in Militäruniform, der seine Hand gegen Maggie erhob. Von seiner ausgestreckten Hand entwich ein zischendes Geräusch, es gab einen heftigen Knall, Maggie wirbelte herum und schlug auf den Boden. Die Gestalt rannte auf sie zu und wollte über sie herfallen, aber ich warf mich dazwischen.

Noch in der Luft erwischte ich ihn mit dem Fuß direkt am Kinn und hörte seinen Hals zurückschnappen. Seine

Augen waren vor Überraschung weit aufgerissen. Er hatte mich nicht kommen sehen. Ich zog meinen Revolver aus dem Halfter, faßte ihn am Lauf und holte so kräftig wie möglich aus. Der Metallgriff der Waffe traf seinen Schädel mit einem dumpfen kräftigen Schlag, er fiel zu Boden.

Maggies Hemd war bereits rot durchweicht, die klebrige Flüssigkeit sickerte über ihre Brust. Ihre Augen waren vor Schreck geweitet, sie hielt ihre Hand an die getroffene Stelle. Es war sehr nahe am Herzen.

Ich hörte mich ein Schluchzen unterdrücken, beugte mich über sie und flüsterte ihr ins Ohr: „Ich hole dich hier raus. Keine Sorge." Ich kämpfte mit den Tränen. „Laß dich tragen."

„Ich glaube, ich kann gehen." Ihre Stimme zitterte.

„Aber nicht doch", flüsterte ich. Ich schob meine Arme unter sie und versuchte, sie hochzuheben.

„Ich meine es ernst." Sie klang verwundert. „Es tut höllisch weh, aber ich glaube, die Haut ist heil."

„Du bist doch voller Blut!" zischte ich.

Aber Maggie wehrte sich gegen meine Versuche, sie aufzurichten, sie wollte mir etwas zeigen. Endlich gelang es ihr, das Hemd hochzuheben und im Mondlicht ihre wunderbaren Brüste zu entblößen. Auch sie waren überall rot, doch sie wischte darüber – es war keine Wunde zu sehen. Nur ein starker rot-weißer Striemen. Der Mund stand mir offen.

„Ich glaube, ich bin mit einer Farbpistole getroffen worden", kicherte sie plötzlich.

„Einer was?" sagte ich verblüfft. Ich rieb mit meinen Fingern über das Rot, roch daran und bestätigte ihre Vermutung. Ich brach vor Erleichterung beinahe zusammen, denn ich hatte Maggie schon fast tot gesehen. Ich blickte auf die Gestalt, die neben uns lag. Der Mann rührte sich nicht. Er hatte die Augen verdreht, sein offener Mund hing schief. Ich legte meinen Finger an seinen Hals und fand erleichtert einen schwachen, aber regelmäßigen Puls. Wenigstens hatte ich ihn nicht getötet. Gottseidank nicht erschossen!

Plötzlich dämmerte mir, daß hier im Dunkeln noch viele andere waren, die einander mit Farbpistolen beschossen. Der Schlag, den wir vorhin gehört hatten, mußte ein weiterer Treffer gewesen sein. Selbst als wir hier saßen, meinte ich entfernt einen dumpfen Knall zu hören. Wir waren mitten in irgendein blödes Kriegsspiel geraten. Unsere Chancen, entdeckt zu werden, hatten sich augenblicklich verzehnfacht.

„Los, komm", sagte ich und half Maggie auf die Füße. Trotz ihrer gegenteiligen Beteuerungen merkte ich, daß sie sehr unsicher auf den Beinen war.

„Weg hier", sagte ich. „Folge mir und paß auf."

Ich wollte auf dem Weg zurück, den wir gekommen waren, aber bald stellte sich heraus, daß wir eine andere Route nehmen mußten. Das dumpfe Platzen der Farbmunition wurde immer lauter, wir hörten Leute herumrennen. Hin und wieder schossen dunkle Gestalten hinter Bäumen hervor, und einmal kam uns jemand so nahe, daß Maggie meine Hand packte und mich zurückzog.

„Vielleicht sollten wir einfach hierbleiben und auf den Morgen warten", flüsterte sie.

Schön und gut, dachte ich. Und um ein Uhr würde Towne Martha und Booker anrufen, und alle wären in Panik. Besser, sich leise vorwärtszubewegen und so schnell wie möglich von hier zu verduften.

„Bald haben wir es hinter uns", versicherte ich Maggie.

„Wir sind schon fast auf der anderen Seite." Ich bedachte sie mit einem hoffentlich zuversichtlichen Kein-Grund-zur-Sorge-Lächeln und ging auf den nächsten Baum zu. Hoffentlich stimmte die Richtung. Ich hatte, ehrlich gesagt, keine Ahnung, wo wir uns befanden.

Die Schießgeräusche klangen immer entfernter, und wir fingen schon an aufzuatmen. Doch nun steigerte sich ein anderes Geräusch, wie ein schwaches Summen, aber ich konnte nicht sagen, ob es von einem Insekt oder etwas Mechanischem herrührte. Die Bäume waren groß und standen dicht genug, so daß wir gute Deckung hatten, aber der Mond gab sehr wenig Licht, und es war schwer, etwas zu sehen. Der Boden war nun fast eben, und ich nahm an, daß wir uns auf dem Kamm des Hügels befanden. Gingen wir vielleicht im Kreis? Plötzlich erhob sich ein Umriß vor uns – nach einer Schrecksekunde merkte ich, daß wir auf eine der Zelthütten gestoßen waren.

Wir zogen uns zurück, versteckten uns hinter einem Baum und betrachteten den Bau. Er unterschied sich von den Hütten, die ich beim letzten Mal gesehen hatte. Vor dem Eingang lag eine Gummimatte, und mit Schrecken stellte ich fest, daß ein dünner Lichtstrahl nach draußen drang. Elektrische Leitungen hier herauf zu verlegen, war unmöglich. Ich hatte gedacht, die Überwachungsinstrumente wären batteriebetrieben, aber nun vermutete ich, daß das Summen, das wir gehört hatten, von einem Generator kam, und der war ganz in der Nähe.

„Bleib hier", sagte ich zu Maggie. „Ich will mir das ansehen."

„Bitte, Cassie. Laß uns gehen." Sie klang mehr als besorgt, sie klang verängstigt.

„Ich bin gleich wieder zurück", sagte ich und ignorierte ihre Nervosität und meine Beklommenheit.

Ich bückte mich tief und schob mich zentimeterweise vorwärts. Einer der Fensterverschlüsse aus Stoff war an einer Seite offen, und ich spähte mit klopfendem Herzen hinein. Der Raum war fast dunkel, aber sofort entdeckte ich die von draußen sichtbare Lichtquelle. Es gab drei einzeln stehende Monitore, und auf jedem war ein dunkles Stück Gelände zu sehen. Auf einem erkannte ich den Weg, wo Jessie und ich die erste Kamera gesehen hatten. Zu meiner Erleichterung schien niemand die Monitore zu überwachen. Ich warf einen Blick zurück zu Maggie, lächelte für den Fall, daß sie meinen Gesichtsausdruck in der Dunkelheit erkennen konnte, und schlich an der Hütte entlang zum Eingang.

Die Tür bestand aus einer mit Reißverschluß versehenen Stoffbahn, wie bei einem großen Zelt. So leise wie möglich zog ich den Reißverschluß so weit auf, daß ich hineinschlüpfen konnte. Ob jemand drin war, würde ich gleich erfahren, weil man mich nun gehört hätte. Drinnen kauerte ich mich zusammen und lauschte. Nichts. Kein Atemgeräusch, kein Rascheln von Kleidung. Ich kroch vorwärts, zur Sicherheit eine Hand am Pistolengriff.

Die drei Überwachungsmonitore standen auf einem Metallschreibtisch, daneben ein IBM-Computer und ein Laserdrucker. Der Bildschirm war dunkel, aber ich fragte mich, was für eine Arbeit der Reverend hatte, die hier auf dem Hügel einen Computer notwendig machte. Es war offensichtlich die private Hütte des Reverend. Der schwarze Talar, den er in der Kirche getragen hatte, war über die Lehne des Chefsessels vor den Geräten drapiert. Durch ein Loch in der Zeltwand führten Elektrokabel nach hinten hinaus, wo ich den Generator vermutete. Der übrige Raum war unterteilt in ein Schlafzimmer, ein improvisiertes Bad und eine Miniküche. An einer Wand stand ein Bücherregal. Ich war neugierig auf die Art seiner Lektüre, aber es war so dunkel im Raum, daß ich nichts lesen konnte. Wichtiger noch, ich wollte einen Blick in die verschlossenen Metallschubladen des Schreibtisches werfen.

Diesmal hatte ich an die Dietriche gedacht, die mir mein alter Lehrherr Jake Parcel geschenkt hatte. Ich wählte durch Betasten einen kleinen, adlerschnabelförmigen Haken und führte ihn in die winzige Öffnung der obersten rechten Schublade ein. In weniger als einer Minute war das zierliche Schloß geknackt. Zu meiner Überraschung befand sich in der Schublade ein verschlossener Metallkasten. Sein Schloß war kleiner als das erste und besser gemacht. Erst nach drei Versuchen hörte ich das befriedigende Klicken, das den erfolgreichen Einbruch signalisierte.

Es war besser als erhofft. Im Kasten lag eine Computerdiskette. Ich steckte die Diskette in meine Gürteltasche, stellte den verschlossenen Kasten in die Schublade zurück und schloß sie wieder ab. Mit etwas Glück würde der Reverend eine Weile brauchen, bis er das Verschwinden bemerkte.

Ich forderte mein Glück heraus, öffnete noch eine Schublade und fand nichts Aufregenderes als ein dünnes Notizbuch. Ich konnte es in der Dunkelheit unmöglich entziffern, so steckte ich es in die Tasche und verschloß die Schublade. Nur allzu gern wäre ich länger geblieben und hätte in den Sachen des Reverend herumgestöbert, aber ich hatte das sichere Gefühl, nicht willkommen zu sein und meine Besuchszeit weit überschritten zu haben.

Ich kroch nach draußen und spähte in alle Richtungen, bis ich den Baum fand, hinter dem ich Maggie zurückgelassen hatte.

Sie hatte recht gehabt. Auch ohne die kriegspielenden Männer war es fast unmöglich, die Stelle wiederzufinden, wo wir den Berg erklommen hatten. Es war schon schwer genug, in sieben Meter Entfernung den richtigen Baum zu finden.

Kaum hatte ich mich in Bewegung gesetzt und wollte hinüberhuschen, da durchschnitt eine scharfe Stimme die Dunkelheit: „Halt! Wer da?" Es war der unverwechselbar dröhnende Bariton von Reverend Love. Ohne nachzudenken warf ich mich hinter den nächsten Baum und preßte mich auf den rauhen felsigen Boden.

„Sie befinden sich innerhalb der Schutzzone", dröhnte die Stimme des Reverend. „Stehen Sie auf und zeigen Sie sich. Ich wiederhole, Sie befinden sich innerhalb der Zone. Das ist ein Befehl. Kommen Sie heraus." Während er sprach, kam er immer näher, und ich konnte seine ausgestreckten Hände sehen, die etwas hielten, das mehr als eine Farbpistole war. Ich hatte nicht die Absicht, mich zu zeigen und ihn zu begrüßen.

Ich duckte mich so tief wie möglich, hielt die Bäume zwischen uns und huschte von einem Baum zum nächsten, wobei mein Herz so laut klopfte, daß ich nicht sagen konnte, ob er mir folgte oder nicht. Ich hatte gehofft, ihn von Maggie wegzuleiten, bemerkte aber mit Schrecken, daß sie meinem Zickzackkurs von Baum zu Baum folgte und nur drei Meter hinter mir war. Ich wandte mich um, um ihr zu sagen, sie solle den anderen Weg nehmen, doch kaum hatte ich den Mund aufgemacht, bemerkte ich meinen Fehler. Der Schuß knallte, und ein überwältigender Schmerz durchzuckte meinen linken Arm. Ohne nachzudenken drehte ich mich um und feuerte zurück, wobei meine unverletzte Hand so schlimm zitterte, daß der Schuß an einem nahen Baum abprallte. Wenn ich so weitermachte, würde ich eher Maggie treffen als den Reverend.

Ich machte kehrt und rannte weiter, ohne die pochenden Höllenqualen in meinem linken Arm zu beachten. Da durchschnitt ein weiterer Schuß die Luft, und die Kugel sauste so nah an meinem Ohr vorbei, daß mir der Kopf nur deshalb nicht weggeblasen wurde, weil ich mich flach auf den Boden warf. Jetzt konnte ich ihn sehen. Der Mond schien durch die Bäume, und seine Silhouette war als dunkle, hoch aufragende Gestalt keine zehn Meter entfernt zu erkennen.

Ich zielte sorgfältig und stützte meine Hand an einem Felsen ab. Ich wollte ihn nicht umbringen. Ich hatte unbefugt sein Grundstück betreten. Ich war im Unrecht, und er konnte mit vollem Recht auf mich schießen. Wenn ich ihn umbrachte, wäre es Mord. Wenn ich aber nichts unternahm, wäre ich tot.

Er kam mit ausgestreckter Pistole auf mich zu. Ich hob meine und zog ab. Das Geräusch von Metall gegen Metall wurde von seinem Schrei fast übertönt. Ich sah, wie seine Pistole, weiße Funken stiebend, in weitem Bogen durch die Luft flog. Es war ein fast perfekter Schuß, doch aus dem Schrei zu schließen, fürchtete ich, außerdem einen oder zwei Finger getroffen zu haben.

Ich ließ mich davon nicht aufhalten, drehte mich um, rannte, so schnell ich konnte, zu Maggie und überholte sie. In der Ferne hörte ich Rufen, ich war mir sicher, daß das Geräusch von echten Schüssen viele Menschen anziehen würde. Wir konnten nichts tun als wegrennen und hoffen, der Verfolgung irgendwie zu entgehen. Wenn sie bemerkten, daß der Reverend getroffen war, würden zweifellos Dutzende von Männern eifrig nach uns suchen.

Wir waren beide außer Atem und schnappten nach Luft. Meine Seiten stachen vor Überanstrengung, als wir endlich zum Rand des Felsens kamen. Es war zwar nicht die gleiche Stelle, die wir heraufgekommen waren, aber wenigstens die gleiche Seite. Als wir keuchend zu Boden fielen, bemerkte Maggie meinen Arm.

„Du bist angeschossen!" sagte sie. Der Ausdruck auf ihrem Gesicht ließ mich an mir herunterblicken, und ich bemerkte mit Schrecken, daß ich fast ebensoviel Rot an mir hatte wie sie. Mein Rot war jedoch Blut.

„Ich glaube, es sieht schlimmer aus, als es ist", sagte ich und fühlte Angst in mir aufsteigen. Was, wenn ich den Berg nicht mehr hinunterkam? Ich versuchte mit der linken Hand eine Faust zu machen und sie wieder zu öffnen. Ich streckte den Arm nach oben, bis ich zusammenzuckte. Angenehm war es nicht, aber das Seil konnte ich wohl noch halten.

Maggie hatte ihren Rucksack abgenommen und suchte hastig nach irgend etwas. Sie zog eine Mullbinde heraus und befahl mir, das Hemd hochzuheben.

„Das ist nicht der Zeitpunkt, um keß zu werden", sagte ich, während der Schmerz der Bewegung meinen Arm durchzuckte.

„Keine Bange", sagte sie und half mir, mich aus Jacke und Hemd zu schälen. Der Hemdsärmel klebte bereits an der Wunde, ich mußte die Zähne zusammenbeißen und wegschauen. Ich hörte Maggie tief durchatmen, doch ihre Bewegungen waren schnell und geschickt, und im Nu hatte sie die Binde um meinen Bizeps gewickelt. „Kannst du das wieder anziehen?"

„Reiß einfach den Ärmel ab", sagte ich. Die Kugel hatte ein sauberes kleines Loch im Ärmel hinterlassen. Maggie steckte ihre Finger hinein und riß daran. Auch ohne Ärmel war es nicht leicht, das Hemd anzuziehen.

„Jetzt ist es lange nicht so schwer wie beim Aufstieg", sagte sie. „Mach einfach kleine Hüpfer, und halte dich im rechten Winkel zum Felsen. Benutz deine Beine, und wenn du eine Pause brauchst, kannst du jederzeit anhalten."

Jetzt, dachte ich. Ich möchte jetzt sofort eine Pause.

„Ich bin soweit, wenn es dir recht ist", log ich.

Maggie beugte sich zu mir, küßte mich auf die Lippen, drehte sich um und trieb einen Bergsteigerhaken in den harten, rissigen Boden.

Sie hatte recht. Der erste Schritt war der schwierigste. Ich stellte mich mit dem Rücken zum Rand, faßte das Seil mit beiden Händen und machte einen Schritt ins Leere. Einen kurzen, schrecklichen Augenblick meinte ich, einhundertfünfzig Meter in die Tiefe zu stürzen. Doch dann berührten meine Füße den Felsen, und ich konnte das Seil so ruhig halten, daß ich nach dem dritten oder vierten kleinen Hopser weit weniger nervös war und einen geradezu wunderbar leichten Abstieg machte.

Als ich unten aufkam, hatte ich vor Erleichterung weiche Knie.

Maggie kam kurz nach mir und machte sich daran, die Seile wieder zu verpacken.

„Okay, Sherlock", befahl sie, „Ich habe dich runtergebracht. Bring du uns jetzt zu Rick und Towne zurück."

Auch Erica hatte mich „Sherlock" genannt. Aber jetzt

war nicht die Zeit, sich bei Erica aufzuhalten. Wir hatten noch einen langen Weg vor uns.

Wir befanden uns zwar in Gehweite des Hauses von Rick und Towne, nur gab es keinen richtigen Weg. Die Küste war felsig, überall lagen Baumstämme und abgebrochene Äste. Schon nach wenigen Schritten merkten wir, daß es im Wasser wahrscheinlich leichter war. Das Problem bestand darin, daß ich eine Diskette geklaut hatte, die ich nicht beschädigen wollte.

„Du warst offensichtlich nie bei den Pfadfinderinnen", neckte mich Maggie. Sie öffnete ihren Rucksack und zog eine schwarze Gürteltasche heraus. Es war ein großer wasserdichter Beutel mit Erste-Hilfe-Set. „Steck sie hier rein", sagte sie, nahm die Erste-Hilfe-Sachen heraus und stopfte sie in ihren Rucksack.

Ich schob meine Pistole, meine Dietriche, das Heft und die Computerdiskette in den Beutel, und Maggie band ihn sich um die Taille. Wir legten den Rest unserer Ausrüstung hinter einen großen Felsbrocken, markierten ihn mit einem kleinen Steinhaufen und wateten ins kühle Wasser hinaus.

Es war kälter als erwartet, aber nach dem langen Sprint, der anstrengenden Kletterei bergauf und bergab und der ganz gewöhnlichen Angst tat es gut, zu fühlen, wie das Wasser Schweiß und Blut abwusch. Mein Arm wurde im Wasser taub und fühlte sich besser an, trotzdem mußte ich den ganzen Weg die Küste entlang seitenschwimmen. Maggie war viel schneller und sah auch als erste die Lichter. Sie wartete, bis ich herangekommen war, und fragte mich, was ich davon hielt.

„Es sind entweder Rick oder Towne", sagte ich schweratmend, „oder die Bande des Reverend. Wie auch immer, ich glaube, ich kann nicht mehr weit schwimmen. Bleib du hier mit der Diskette. Wenn es die Jungs sind, winke ich dir. Wenn nicht, schwimm weiter."

„Cass, warte", sagte sie und zog mich zurück. Wir standen bis zu den Hüften im Wasser, und meine Zähne hatten angefangen zu klappern. Sie zog mich an sich und legte mir den Arm um die Taille. Als sie mich küßte, breitete sich eine warme Woge in meinem Körper aus. Besser als Brandy, dachte ich. Obwohl es mich schüttelte, wollte ich mich nicht bewegen. Schließlich riß ich mich los und quälte mich das Ufer hoch, wo das Licht der Taschenlampe blinkte. Ich hoffte inständig, daß mich dort nicht der Reverend erwartete.

„Cassidy?" sagte Towne. „Bist du es?"

Erleichterung durchflutete mich. Nie war ich froher gewesen, jemanden zu sehen. Ich winkte Maggie heran, und sie folgte mir ans felsige Ufer.

„O Gott!" rief Rick, als er die rote Farbe auf Maggies nassem T-Shirt sah. Durch das Wasser sah es noch mehr wie Blut aus. „Du blutest!" Er sah aus, als wollte er gleich in Ohnmacht fallen.

„Keine Sorge", sagte Maggie. „Es ist rote Farbe. Sie blutet, nicht ich."

„Komm, hauen wir hier ab", sagte ich, ohne auf ihre Besorgnis einzugehen. Ich wußte nicht, wie schlimm die Verletzung war, aber wenn ich nicht bald in trockene Sachen kam, erübrigte sich die Frage, weil ich dann erfroren war. Aber ihr Gesichtsausdruck sagte mir, daß meine Bluterei längst nicht vorbei war. Wir setzten uns in Bewegung, und ich hielt inne, um zurück auf den Hügel zu blicken. Da, hoch über uns, sah ich zwei winzige mondbeschienene Figuren beisammenkauern und durch ein

Fernglas auf uns herunterspähen. Oh, herrlich, dachte ich, der Reverend beobachtet alle unsere Bewegungen.

Ich eilte hinter den anderen her, aber nach ein paar Schritten fühlte ich, wie mir die Beine weich wurden. Bevor ich wußte, wie mir geschah, kam die Erde auf mich zu; dann wurde mir schwarz vor Augen. Ich machte mich auf den Sturz gefaßt und merkte, wie ich fiel und fiel, doch statt des harten Felsbodens empfingen mich Townes Arme, hoben mich hoch und trugen mich behutsam nach Hause.

Als ich die Augen öffnete, beugten sie sich mit tief besorgten Gesichtern über mich. Ich war auf ein Sofa gebettet, in Decken gehüllt, nackt wie ein neugeborenes Baby. Mein Arm tat höllisch weh, aber das Zittern hatte sich gelegt.

„Du mußt zu einem Arzt", sagte Towne. „Du hast zuviel Blut verloren."

„Ich glaube, es geht schon wieder", sagte ich. In Wirklichkeit fühlte ich mich ziemlich benommen.

„Ich habe deinen Arm frisch verbunden", sagte Maggie, „und ein paar Klammern gesetzt, aber du mußt so bald wie möglich richtig genäht werden. Die Kugel ist glatt durchgegangen, Gottseidank."

„Meinst du, es kann noch bis morgen warten?" fragte ich. „Was ich wirklich brauche, ist Schlaf."

„Ich glaube schon", sagte Maggie. „Wenn du dich nicht allzuviel herumwälzt. Aber wir müssen dir etwas Nahrhaftes einflößen, um den Blutverlust auszugleichen. Rick hat dir eine Tasse Brühe gemacht. Hier."

Ich glaube, sie genossen es, mich rumzukommandieren, aber ich war zu müde, um zu protestieren. Ich schlürfte die Brühe, ließ sie meine Kissen und Decken aufschütteln und sich kümmern wie Glucken um ihr Küken. Eigentlich war das gar nicht so schlecht, dachte ich und fühlte, wie ich in tiefen, bodenlosen Schlummer fiel. Ich glaube, ich habe mich die ganze Nacht über nicht einmal bewegt.

16

Ich erwachte mit steifem Nacken und einem unbarmherzig pochenden Arm. Mein Mund fühlte sich an, als hätte ich Wüstensand geleckt. Aber der Anblick von Rick, tief schlafend in einem Sessel mir gegenüber, ließ mich lächeln. Er war anscheinend als Nachtwache abgeordnet, nach den Ringen unter seinen Augen zu schließen, hatte ihn eben der Schlaf überwältigt. Als ich mich bewegte, riß er die Augen auf und sprang aus seinem Sitz hoch.

„Du bist wach!" sagte er beglückt. Unbegreiflich, wie jemand beim Aufwachen so fröhlich sein konnte.

„Wie spät ist es?" fragte ich und blinzelte ins helle Licht, das durch die Fenster strömte. Es sah verdächtig nach Mittag aus.

„Nach zehn", sagte Rick. „Du hast geschlafen wie ein Baby. Towne hat Maggie in die Stadt gebracht. Sie müssen beide zur Arbeit. Wie geht es deinem Arm?"

Ich schaffte es, mich von der Couch gleiten zu lassen, besann mich meines unbekleideten Zustands und raffte eine der Decken um mich. „Ganz gut", log ich. „Kannst du mir etwas zum Anziehen leihen?"

„Deine Sachen sind im Trockner. Ich kann dir ein Hemd geben. Den blutigen Fetzen, den du getragen hast, habe ich weggeworfen."

Der blutige Fetzen war mein Lieblings-T-Shirt gewesen. Na gut. Ich stolperte ins Bad und betrachtete mit einer Grimasse mein Spiegelbild. Mein Haar stand wirr zu Berge, aber sonst war ich gar nicht so schlecht beisammen. Die Bandage, die Maggie um meinen Arm gelegt hatte, schien ihren Zweck zu erfüllen, es war nur ganz wenig Blut durchgesickert.

Behutsam zog ich mir eins von Ricks Flanellhemden über, zwei Nummern zu groß, aber angenehm weich. Ich strich mein Haar mit Wasser glatt und trank etwa fünf kleine Pappbecher klares kaltes Wasser. Ich spritzte mir etwas davon ins Gesicht, drückte mir Zahnpasta auf einen Finger und rieb mir damit auf den Zähnen herum. Das mußte als Morgentoilette genügen. Ich zog mich fertig an und und ging zu Rick in die Küche.

„Maggie hat gesagt, du sollst etwas essen, bevor ich dich zum Arzt bringe." Rick stellte ein großes Glas Orangensaft vor mich auf den Tisch. „Setz dich."

Sie trieben diese Bemutterei wirklich auf die Spitze. Aber ich war, ehrlich gesagt, am Verhungern und protestierte nur wenig, als er mir Toast und Eier servierte – pochierte Eier sogar – mit zwei Streifen Speck und einer Tasse Kaffee mit echter Sahne. Ich verschlang alles und trank noch ein Glas Orangensaft. Als ich schließlich fertig war, fühlte ich mich ziemlich übermütig.

„Apropos Arzt", sagte ich beim Aufstehen und Tischabräumen. „Ich bin mir ziemlich sicher, daß ich das selbst regeln kann. Außerdem muß ich zuerst noch was anderes erledigen."

„Maggie hat aber gesagt, daß du gleich zum Arzt gehen sollst", sagte er und folgte mir ins Wohnzimmer. Dort lag auf dem Couchtisch der wasserdichte Beutel und darin ganz trocken die Diskette und meine anderen Habseligkeiten. Ich nahm sie zusammen mit meinen Bootsschlüsseln an mich und wandte mich lächelnd zu Rick.

„Ich weiß", sagte ich beruhigend. „Und ich verspreche, daß ich sofort hingehen werde, sobald ich diese Sache erledigt habe. Aber wenn ich mich jetzt nicht gleich dranmache, komme ich erst am Nachmittag wieder dazu. Außerdem", sagte ich, „siehst du aus, als könntest du ein Nickerchen gebrauchen." Ich erwischte ihn, wie er ein Gähnen unterdrückte, er grinste mich verlegen an.

„Okay", sagte er. „Ruf mich aber an, sobald du vom Arzt zurück bist. Du wirst dem Sheriff berichten, was ihr beide gestern nacht da oben gesehen habt, nicht wahr?" Er begleitete mich den Weg zum Boot hinunter. Ich versicherte es ihm, legte ab und schoß wie der Blitz über den See zur Stadt hinüber.

Ich legte an der öffentlichen Anlegestelle an, weil ich keine Zeit damit verlieren wollte, durch den Kanal zum Hafen zu fahren. Ein halbes Dutzend Leute lungerten auf dem Steg herum, rauchten und plauderten. Es war ein warmer, sonniger Tag, und einen Augenblick lang war ich versucht, mich dazuzugesellen. Es war schon lange her, seit ich einen Nachmittag einfach nur mit Fischen auf meinem Steg zugebracht und dabei ein Bier geschlürft hatte. Vielleicht, wenn dieser Fall erledigt ist, dachte ich, werde ich Maggie einladen, und dann tun wir es gemeinsam.

Zum Büro des Sheriffs waren es nur zehn Minuten zu Fuß, aber nach den Abenteuern der vergangen Nacht taten mir alle Muskeln weh, auch die, von denen ich bisher nicht wußte, daß ich sie hatte. Als ich das Backsteingebäude erreichte, sah ich das Schild „Geschlossen" an der Tür hängen. Die Sekretärin des Sheriffs war schon beim Mittagessen. Entweder hatte Booker sie begleitet, oder er war irgendwo draußen bei der Arbeit. Ich könnte ihn anpiepsen, aber dann mußte ich an einem öffentlichen Telefon auf seinen Rückruf warten. Ärgerlich, daß die ganze Welt Mobiltelefone hatte, während wir in Cedar Hills sie immer noch nicht benutzen konnten. Es gab einfach zu viele Hügel und Bäume zwischen See und Sendebereich. Ich konnte Booker auch in einem der Restaurants in der Stadt aufspüren, vorausgesetzt, er war dort, aber das artete womöglich in eine riesige Zeitverschwendung aus. Was ich wirklich brauchte, sagte ich mir, war der Zugriff auf einen IBM-kompatiblen PC.

Ich ging zur Bücherei hinüber und hoffte, daß sie im Zuge ihrer technischen Nachrüstung einen angeschafft hatten, stellte aber fest, daß man nur einen weiteren Macintosh hingestellt hatte. Jetzt hatten sie drei davon. Und dann tat ich, was ich die ganze Zeit über wußte, daß ich es tun würde: Ich steuerte die alte Methodistenkirche an.

Die Kirche war leer, ich konnte träge Staubflocken in den Sonnenstrahlen tanzen sehen, die durch die Fenster fielen. Vorsichtig bewegte ich mich zum Hintereingang und spähte durch das kleine Fenster. Es schien niemand drin zu sein. Trotzdem schien es mir angebracht, diesmal anzuklopfen. Als nach dem dritten Klopfen immer noch niemand antwortete, zog ich meine praktischen Dietriche heraus und machte mich an die Arbeit. Sie hatten innen einen Riegel angebracht, was mich überraschte, aber in ein paar Minuten war ich trotzdem drin.

Der Raum war so, wie ich ihn in Erinnerung hatte,

minus Herman Hugh. Der IBM-Computer stand auf dem Schreibtisch, ich glitt auf den knarrenden Holzstuhl und ging ans Werk. Der Computer erwachte auf Knopfdruck summend zum Leben, der Bildschirm leuchtete auf und fragte nach einem Kennwort.

„Verdammt", murmelte ich. Damit hatte ich nicht gerechnet. Nun, es gab nichts zu verlieren, dachte ich. So fing ich an, mögliche Kennworte einzutippen, schlug die Returntaste an und wartete auf das Erscheinen von „Kennwort ungültig". Ich tippte „Reverend", „Reverend Love" und „Love". Jedesmal bekam ich die gleiche Antwort. Ich versuchte es mit „Herman", „H Hugh" und „Pittman", mit den gleichen Ergebnissen. Ich versuchte „KKK", „Christlich" und „Loveland". Ich wollte, ich könnte mich an all die Firmennamen erinnern, die Martha mir genannt hatte, aber mein Gedächtnis zog lauter leere Karten. Nachdem ich alles Erdenkliche ausprobiert hatte, tippte ich frustriert das Wort mit „Sch", wobei ich mich auslachte, weil ich fast an einen Erfolg geglaubt hatte.

Ich gab mich geschlagen, steckte die Diskette in die Gürteltasche zurück und bemerkte das kleine Heft, das ich aus der Schreibtischschublade des Reverend mitgenommen hatte. Neugierig nahm ich es heraus und las überrascht den Titel: „Westküstenmiliz: Endgültiger Plan."

Ich blätterte es durch und merkte, wie mir langsam übel wurde. Die Seiten waren voll haßerfüllter Rhetorik, rassistischer Propaganda und unanständiger Illustrationen. Eine Seite trug die Überschrift: „Die zehn besten Arten, einen Juden umzubringen." Die Botschaft des Pamphlets war klar: Die Regierung war der Feind und mußte bekämpft werden.

Ich fragte mich, woher diese Geisteshaltung kam. Ich

dachte an Ruby Ridge, Waco, an den Briefbomben schickenden Uni-Professor. Wie viele solcher irren Typen liefen hier herum? Ich dachte an die Kirche des Reverend und seine Einkehrtage. Die Typen waren nicht nur da oben, um mit Farbpistolen Krieg zu spielen. Love benutzte den Hügel als Trainingsfeld für regierungsfeindliche Aktivitäten. Selbst seine Sonntagspredigt enthielt Hinweise auf die „Armee der Liebe". Offensichtlich warb er Soldaten für seine Truppe. Aus dem Schmutz, den ich eben gelesen hatte, schloß ich, daß diese Leute nicht nur die Regierung angreifen wollten.

Meine Hände fühlten sich allein von der Berührung der Seiten dreckig an, und ich stopfte das Heft in die Tasche zurück. Dann – wohl in einem Augenblick von Inspiration – nahm ich die Diskette noch einmal heraus und steckte sie in den Schlitz. Ich tippte „Endgültiger Plan" und wurde mit viel Klacken und Summen und einem sich schnell füllenden Bildschirm belohnt.

Ich schaltete den Drucker an, wartete, bis er warm war, und wählte den Befehl „Drucken" aus dem Menü. Das surrende Geräusch erfüllte den Raum, während Seite um Seite, bedeckt mit rätselhaften Zahlen und Buchstaben, aus dem Drucker in meine wartenden Hände schossen. Es waren fast zwanzig Seiten, die ich zusammen mit der Diskette sorgfältig in meiner Tasche verstaute, bevor ich den Computer ausschaltete. Ich war halb an der Tür, da hörte ich, wie ein Schlüssel ins Schloß gesteckt wurde.

Ich verschwand mit einem Satz hinter dem Schreibtisch und duckte mich, da ging auch schon die Tür auf. Ich hatte nicht daran gedacht, wieder abzuschließen, und nun wußte vielleicht die Person, die den Schlüssel ins Schloß gesteckt hatte, daß jemand hier gewesen war. Mein Herz hämmerte, ich lugte unter dem Schreibtisch hervor und sah das verzogene, herrische Gesicht von Herman Hugh. Er sah sich im Raum um, die Hände an den Hüften. Die Sommersprossen auf seinem Gesicht hoben sich gegen seine alabasterfarbene Haut ab wie zornige Striemen. Als er zum Schreibtisch blickte, wurden seine Augen blasse Schlitze.

Er trat auf den Schreibtisch zu, und mein Herz raste. Er stand auf der anderen Seite des Schreibtischs und sah auf den Drucker. Da merkte ich, daß ich den Drucker nicht abgeschaltet hatte. Herman Hugh marschierte um den Schreibtisch herum, seine Füße nur wenige Zentimeter vor meinem Gesicht. Wenn er nach unten geblickt hätte, hätte er mich gesehen, feige zusammengekauert. Ich wollte nicht von Herman Hugh erwischt werden. Außerdem fingen meine Beine an, sich zu verkrampfen. Wenn ich mich nicht bald bewegte, wäre ich nicht mehr fähig dazu. Als ich hörte, wie er die Schreibtischschublade öffnete, erinnerte ich mich an seine Pistole und hielt die Zeit für gekommen, mich zu rühren.

Ich hoffte das Beste, trat mit dem rechten Bein zu und traf Herman Hugh an der Kniescheibe. Sein Bein knickte ein, und ich trat mit der gleichen Bewegung gegen sein anderes Bein, worauf er der Länge nach hinfiel. Ich schoß unter dem Schreibtisch hervor. Die Pistole war zwischen uns auf den Boden gefallen. Ich nahm sie auf und sah, wie sich seine blassen Augen vor Angst weiteten. Ich stand über ihm, während er sich vor Schmerzen krümmte. Wenn ich ein Seil hätte, könnte ich ihn fesseln, dachte ich. Aber es war nun mal nicht die Zeit, den Raum danach abzusuchen. Also tat ich, was in der letzten Nacht so prima funktioniert hatte. Ich faßte die Pistole am Lauf, holte mächtig aus und gab ihm damit eins auf seinen spitzen kleinen Schädel. Er war sofort weg.

„Das machst du ganz gut", sagte ich laut, wobei ich hoffte, ihn nicht allzu hart getroffen zu haben. Manche Leute sterben an Kopfwunden, sagte ich mir und eilte aus der Tür. Vielleicht hätte ich seinen Puls fühlen sollen, aber ich wollte mich so schnell wie möglich mit dem Sheriff in Verbindung setzen. Was immer der Reverend im Schilde führte, es war ernst genug, um auf seiner eigenen Diskette einen Geheimcode zu benutzen. Hoffentlich war ich schlau genug, ihn zu knacken.

17

Als erstes telefonierte ich aus der öffentlichen Telefonzelle vor der Bibliothek mit Martha und Booker. Wie es das Schicksal wollte, mußte ich beiden auf Band sprechen. Meine Nachricht war kurz und bündig.

„Hier spricht Cass. Ich bin an der Bibliothek. Ich habe etwas bei mir, das sofort angesehen werden sollte. Bitte unverzüglich herkommen. Es ist zwölf Uhr dreißig." Ich wußte, daß Martha ihren Apparat stündlich abhörte und Doris, die Sekrektärin des Sheriffs, bald vom Mittagessen zurückkam. Sie würde wissen, wie der Sheriff zu erreichen war, mehr konnte ich im Moment nicht tun.

Ich ging in die kleine Bibliothek und setzte mich an einen der hinteren Tische. Ich war die einzige Menschenseele außer Mrs. Peters, der Bibliothekarin, die mir zuwinkte, als ich eintrat. Ich breitete alle zwanzig Blätter auf dem Tisch aus und fing an, sie zu studieren. Auf jeder Seite standen nur zwei Zeilen mit Zahlen und Buchstaben. Ich brauchte ewig, um ein Muster zu erkennen.

Die erste Zahlengruppe auf jeder Seite hatte sechs Ziffern und endete mit 96. Als ich die Übereinstimmung feststellte, hielt ich diese Zahlengruppe für ein Datum. Ich wollte mich nun auf die erste Seite konzentrieren und sehen, was ich entziffern konnte. Die Seite sah so aus:

060196 – 1400 – 47N 122W – 19 16 1 3 5/ 14
5 5 4 12 5 – 7 15 18 5 – 3 1 12/ 2 15 13 2

Unter 060196 schrieb ich 1. Juni 1996. Die Ziffern 1400 könnten leicht 2 Uhr bedeuten, und so hatte ich Datum und Zeit. Aber wovon? Bei den nächsten Ziffern standen ein N und ein W, was Norden und Westen bedeuten mochte. Plötzlich hatte ich eine Idee und rief Mrs. Peters herbei. Sie war eine rosige pummelige Dame, ihr Haar so weiß, daß es fast blau wirkte. Sie trug einen geblümten Kittel und Stützstrümpfe, die farblich zu ihren Haaren paßten.

„Kann ich Ihnen helfen, meine Liebe?" fragte sie und zeigte mir ihr perlweißes Gebiß.

Ich zeigte ihr die 47N 122W. „Mrs. Peters, wenn Sie diese Zahlen sehen, was würden Sie sagen, bedeuten sie?"

Sie starrte durch ihre Halbbrille und runzelte die Stirn. „Mein erster Tip wäre Breiten- und Längengrade", sagte sie. Als ich sie verständnislos ansah, ging sie zu ihrem Schreibtisch und kam mit einem Globus zurück. „Mit Hilfe der Breiten- und Längengrade können Sie jeden Ort auf der Welt finden", erklärte sie. „Der Breitengrad kommt zuerst. Mal sehen." Sie fuhr mit dem Finger den Globus entlang, bis sie zu der Stelle kam, wo sich die beiden Linien schnitten. „Sehen Sie? Siebenundvierzig Grad nördlich und hundertzweiundzwanzig Grad westlich liegt Seattle!" Ihr Gesicht strahlte vor Glück und Triumph.

„Könnten Sie ein paar Orte für mich heraussuchen?" fragte ich nun aufgeregter. Ich zeigte ihr die anderen Seiten, und jedesmal enthielt die dritte Gruppe Breiten- und Längengrade. Mrs. Peters machte sich ans Werk und schrieb die Namen der Städte heraus, während ich den nächsten Satz Zahlen zu entziffern versuchte.

Die höchste Zahl in der Gruppe war neunzehn. Ich sah die anderen Seiten durch, und nirgends gab es eine höhere Zahl als sechsundzwanzig. Das Alphabet hat sechsundzwanzig Buchstaben, dachte ich und fragte mich, ob es wirklich so simpel war.

Ich fing bei der einfachsten Möglichkeit an, setzte A für 1, B für 2 und so weiter. Es funktionierte, wider Erwarten. Aus irgendeinem Grund hatte der Reverend einen Code für notwendig gehalten, aber offensichtlich nicht damit gerechnet, daß jemand seine Diskette in die Hand bekommen würde, sonst hätte er ihn schwieriger gemacht.

In etwas mehr als einer Minute hatte ich die letzten drei Zahlengruppen enträtselt, und was ich las, ließ mich erschauern: SPACE NEEDLE – GORE – CAR BOMB.

Als die Tür der Bibliothek aufging, zuckten Mrs. Peters und ich erschrocken zusammen. Es war Martha, die sehr besorgt wirkte. Sie war in Uniform und sah überaus süß aus, dachte ich, trotz ihrer ernsten Miene. Ich winkte sie herbei, dankte Mrs. Peters und bat sie, uns einen Augenblick allein zu lassen. Sie schien enttäuscht, aber ich versicherte ihr, sie sei eine große Hilfe gewesen. Als sie weg war, informierte ich Martha, was ich auf dem Hügel entdeckt hatte, und daß ich die Diskette des Reverend gestohlen hatte. Beim Bericht über die Kriegsspiele weiteten sich ihre Augen.

„Bist du allein hinaufgestiegen?" fragte sie.

„Hm, nein", sagte ich und wand mich. „Ich habe Maggie Carradine mitgenommen. Sie ist eine erfahrene Bergsteigerin", fügte ich hinzu. Marthas Augen wurden riesig.

„Du bist mit Dr. Carradine gegangen? Ich wußte nicht einmal, daß ihr euch kennt!" Ich merkte, wie sie die verschiedenen Möglichkeiten durchging. „Wo habt ihr euch kennengelernt?" Typisch Martha, sich ablenken zu lassen.

„Auf der Tanzveranstaltung, zu der du mich eingeladen hast", sagte ich schüchtern lächelnd.

„Oh, oh!" sagte Martha. „Ich hätte es wissen können!" Ihre Augen strahlten. „Warum hast du mir nichts davon erzählt?" fragte sie und sah mich plötzlich vorwurfsvoll an.

„Hm, Martha, könnten wir nicht auf die aktuelle Sache zurückkommen? Sie ist nicht ganz unwichtig."

Sie nickte, verkniff sich aber mühsam ein Grinsen.

Ich zeigte ihr die erste fertiggestellte Seite, und ihr Gesicht wurde plötzlich ernst.

„Mein Gott, Cass, das sieht ja aus wie ein Attentatsplan. In drei Tagen ist der erste Juni." Sie betrachtete die anderen Seiten und schüttelte den Kopf. Mrs. Peters hatte die nächsten drei Orte entziffert: San Diego, Atlanta und Chicago. Ich sah schnell auf die Daten der anderen Seiten und stellte fest, daß sie chronologisch aufeinander folgten. Im Laufe des Jahres plante die Westküstenmiliz mindestens zwanzig Anschläge.

„Du weißt, was in der letzten Juliwoche in Atlanta los ist", sagte ich.

„Die Olympischen Spiele", antwortete Martha. „Und hier, sieh mal, die Bundesversammlung der Repubikaner ist dieses Jahr in San Diego, im August."

Ich zeigte Martha den Code mit dem Alphabet, und wir setzten so schnell wie möglich die Buchstaben ein. In kürzester Zeit stellten wir fest, daß auf jeder Seite der Name eines prominenten Politikers stand sowie genaue Ortsangaben und die Art, wie sie umgebracht werden sollten.

„Wir müssen wissen, ob diese Leute vorhaben, an den genannten Tagen an den genannten Orten zu sein", sagte Martha und ging zu Mrs. Peters' Schreibtisch hinüber.

Die Tür öffnete sich, und Sheriff Booker kam herein. Er wirkte atemlos. „Ich kann nur hoffen, daß es sich lohnt", murrte er. „In der Lodge gibt es heute gebratene Hühnchensteaks." Als ich nicht lachte, kam er näher, und ich informierte ihn. Booker war ein besserer Zuhörer als Martha und unterbrach mich kein einziges Mal. Als ich fertig war, kam Martha wieder zu uns.

„Die Handelskammer von Seattle bestätigt, daß der Vizepräsident am ersten Juni der Stadt einen Besuch abstatten wird. Und nun rate mal: Das Wahrzeichen der Stadt, die Space Needle, ist einer der Haltepunkte."

„Verdammter Mist", sagte Booker. „Wie viele Männer, sagtest du, hast du dort oben gesehen, Cass?"

„Ich sah Schlafsäcke für etwa zwanzig oder dreißig Männer", sagte ich. „Aber das war nur eine Hütte. Es gab noch weitere Hütten. Eine war wohl ein Gemeinschaftszelt, und in einer anderen lagen Segeltuchsäcke, die vielleicht irgendwelche Waffen enthielten."

„Die können nicht alle in diese Mordkomplotts verwickelt sein", sagte Martha.

„Wir wissen nur, daß der Reverend Einkehrtage abhält.

Die Männer spielen vielleicht Krieg dort oben und wissen überhaupt nicht, daß ihr Anführer unten die reale Umsetzung plant." Booker strich sich mit einer Hand durchs Silberhaar. „Ich denke, wir sollten das FBI alarmieren."

„Ich habe Captain Tell angerufen", sagte Martha. „Er ist schon unterwegs. Er will das FBI erst rufen, wenn er die Beweise mit eigenen Augen gesehen hast."

„Die Zeit haben wir nicht mehr!" sagte Booker leicht angewidert. „Die Tatsache, daß der Reverend Cass gestern nacht da oben gesehen hat, bedeutet, daß er nicht mehr lange da ist. Wir müssen das FBI sofort hier haben. Ich werde nicht lange auf Tell warten." Er ging zum Telefon.

„Es gibt nur einen Weg den Berg hinunter", sagte ich. „Wenn sie sich nicht abseilen wie wir, nehmen sie den alten Pfadfinderweg. Die Gegend sollte überwacht werden."

Booker nickte und griff zum Hörer. „Sobald ich das FBI erreicht habe, mache ich mich auf den Weg", sagte er beim Wählen.

Ich wandte mich an Martha, die die Papierbögen einsammelte.

„Ich werde auch die Diskette brauchen", sagte sie. Ich zog sie wieder aus der Tasche und merkte, daß Martha die Pistole erspähte.

„Hm, ich habe dem Reverend vielleicht versehentlich ein paar Finger weggeschossen", sagte ich. „Ich habe auf seinen Revolver gezielt, aber er hat einen kleinen Schrei ausgestoßen und deshalb..."

Martha schüttelte den Kopf. „Wenn ich gewußt hätte, daß aus dir so eine verdammte Heldin wird, hätte ich dir nie geraten, Privatdetektivin zu werden", sagte sie. Ich glaube, was sie wirklich ärgerte, war, daß ich ihr nichts von Maggie erzählt hatte. Trotzdem war ich froh, daß ich ihr nichts von dem Loch in meinem Arm gesagt hatte. Bisher war es mir gelungen, alles mit einer Hand zu erledigen, und geblutet hatte ich wohl auch nicht mehr.

„Ich muß drüben beim Gericht auf den Captain warten", fuhr sie ziemlich barsch fort. „Er sollte jeden Moment da sein. Vielleicht möchte er sich später mit dir unterhalten, also geh bitte nach Hause und bleib am Telefon."

„Warum kann ich nicht einfach mit dir gehen?" fragte ich und klang dabei wie ein kleines Kind.

„Du kennst ihn nicht, Cass. Er haßt Privatdetektive. Es ist besser so. Glaub mir. Bitte tu, was ich dir sage, nur dieses eine Mal."

Okay, gut, dachte ich. Martha, die nie lange verärgert sein konnte, sah mich schmollen, legte den Arm um meine Schultern und begleitete mich zur Tür. Glücklicherweise sah sie nicht, wie sich mein Gesicht verzerrte, weil sie mir unabsichtlich den schmerzenden Arm drückte.

„Gut gemacht, Baby", sagte sie und drückte meinen Arm so freundschaftlich, daß mir die Tränen in die Augen schossen. Dann eilte sie zum Polizeiauto, das sie auf halbem Weg abgestellt hatte. Booker kam kurz danach heraus und ging zu seinem Wagen.

„Die verdammten Idioten werden erst in einer Stunde da sein", sagte er. „Da können sie alle schon weg sein. Was ist mit Ihrem Arm los?"

„Oh, nichts", sagte ich und hielt mir vorsichtig die Stelle, wo Martha ihn gedrückt hatte.

„Tom?" sagte ich.

Er sah mich fragend an.

„Es könnte sein, daß einer direkt um die Ecke in der Kirche ist. Ich habe Herman Hugh vor kurzem eins über den Kopf gezogen. Als ich ihn zum letztenmal sah, hat er ziemlich laute Sägegeräusche von sich gegeben."

„Zum Teufel, warum sagen Sie das erst jetzt!" rief er. Er knallte die Autotür zu und raste zur Kirche, wobei der lose Kies von seinen Reifen spritzte.

Aus irgendeinem Grund fühlte ich mich deprimiert. Es war wie: Vielen Dank für deine Hilfe, Cass. Jetzt kannst du heimgehen. Gut, du hast die Welt im Alleingang gerettet. Na und? Ich hielt mir immer noch vorsichtig den Arm und murmelte den ganzen Weg zum Anleger diesen und andere selbstmitleidige Gedanken vor mich hin.

Ich war schon auf halbem Weg nach Hause, da erinnerte ich mich an Mrs. Larsens Teleskop. Es war ein starkes Gerät mit Nah- und Ferneinstellung. Ich hatte es nur auf die gegenüberliegenden Häuser gerichtet, aber es konnte bestimmt auch für den Hügel benutzt werden. Ich wendete in weitem Bogen mein Boot und fuhr mit Vollgas auf den baufälligen Steg zu.

Diesmal kam sie zur Begrüßung heraus und wirkte fast fröhlich. Sie trug ein winziges hellgrünes Hauskleid und hatte im Versuch, ihr blasses Gesicht zu beleben, etwas Lidschatten über die Augen geschmiert. Ihre wässrigen Augen waren dort, wo das Weiße sein sollte, gelblich rosa, aber sie sah besser aus als beim letztenmal.

„Er ist letzte Nacht gestorben", informierte sie mich, als ich die wacklige Treppe zu ihrem Haus hinaufstieg. „Vor einer knappen Stunde sind sie gekommen und haben ihn weggebracht."

„Das tut mir schrecklich leid", sagte ich und dachte, daß es wohl doch keine so tolle Idee gewesen war.

„Nun, Ihnen kann es so leid tun, wie Sie wollen, ich jedenfalls bin erleichtert." Ich folgte ihr ins Haus und stellte fest, daß sie den ehrlichen Versuch unternommen hatte, sauberzumachen. Sie hatte sogar die Fenster geöffnet, und es roch auch ein wenig besser.

„Trotzdem", sagte ich, „ich weiß, wie schwer es sein kann, einen nahen Angehörigen sterben zu sehen. Man braucht eine Weile, um darüber wegzukommen."

Sie schnaubte verächtlich und griff nach einem halbvollen Glas auf der Anrichte, bevor sie mich ins Wohnzimmer führte. „Jemand in Ihrem Alter kann da überhaupt nicht mitreden", sagte sie.

Ich hatte keine Lust, ihr von Diane zu erzählen, die schrecklich gelitten hatte, bevor sie schließlich dem Krebs erlag, der ihren Körper verzehrte. Ich hatte keine Lust, ihr zu erzählen, daß ich wußte, wie erleichtert ich mich im Grunde gefühlt hatte, als sie endlich von ihrem Leiden erlöst war. Und selbst wenn ich es ihr erzählt hätte, es hätte sie wohl nicht besonders interessiert.

„Haben Sie ihn mitgebracht?" fragte sie und zog sich aufs Sofa hoch. Als ich sie verständnislos ansah, fügte sie hinzu: „Den Cutty Sark. Sie haben gesagt, daß Sie mir eine Flasche bringen werden."

„Oh, nein. Tut mir leid. Ich wollte Ihr Fernrohr benutzen. Es macht Ihnen doch nichts aus, wenn ich einen Blick hindurchwerfe?"

Sie sah mich erst ungläubig, dann geknickt an. Sie war sicher gewesen, daß ich ihre Lieblingsbestechung dabeihatte. Es tat mir beinahe leid, daß ich nicht daran gedacht hatte, obwohl Mrs. Larsen nicht unbedingt eine weitere Flasche Schnaps brauchte.

Ich bückte mich, um durch die Linse zu sehen, und bemerkte, daß Mrs. Larsen sie wieder auf Rick und Townes Schlafzimmer eingestellt hatte. Grollend drehte ich das

Fernrohr nach oben auf den Hügel, als plötzlich etwas meinen Blick fesselte.

Langsam brachte ich das Fernrohr zurück zum Haus, wobei ich mich fragte, was dort so anders war. Klar, die Fensterläden waren geschlossen. Nicht nur die am Schlafzimmer, sondern alle. Heute morgen waren sie weit offen gewesen, und ich konnte mir für mein Leben keinen guten Grund denken, warum Rick sie plötzlich schließen sollte.

Und dann durchzuckte mich mit Schrecken das Bild der letzten Nacht, kurz bevor ich das Bewußtsein verloren hatte. Hoch droben auf dem Hügel hatte ich zwei Figuren mit Ferngläsern gesehen, die auf uns vier gerichtet waren, wie wir auf Ricks und Townes Haus zugingen.

Das hieß, daß sie wußten, wohin wir gegangen waren. Das hieß, daß Rick womöglich in Gefahr war. Denn wenn der Reverend gemerkt hatte, daß seine Diskette fehlte, wollte er sie vielleicht persönlich zurückholen.

Ich verlor kein Wort mehr an die erschrockene Mrs. Larsen, raste aus dem Haus, die wacklige Treppe hinunter in mein Boot und mit Vollgas hinüber zu Ricks und Townes Anlegestelle.

18

Bereits als ich die Treppen zu ihrem Haus hinaufstieg, wußte ich, daß etwas nicht stimmte. Nicht nur daß alle Läden geschlossen waren, auch die Glasschiebetür stand ein Stück offen, als hätte sich jemand nicht die Zeit genommen, sie ordentlich zu schließen. Ich griff in meine Gürteltasche, die ich immer noch trug, und nahm den Revolver heraus. Vielleicht war es eine Überreaktion, sagte ich mir. Vielleicht wollte Rick nur den versäumten Schlaf nachholen und hatte deshalb die Läden zugemacht. Aber das Hämmern in meiner Brust ließ nicht nach.

Ich schob mich so lautlos wie möglich durch die offene Tür und mußte mich beinahe übergeben. Jemand hatte ein Messer genommen und jedes einzelne Bild an der Wand zerfetzt. Ricks wunderbare Bilder waren zerstört. Ich stand wie erstarrt da und lauschte über das Geräusch meines heftig pochenden Herzens hinweg in das stille Haus.

„Sag mir, wo!" dröhnte eine bekannte Stimme. „Ich gebe dir eine letzte Chance!"

Dem Geräusch nach zu urteilen, wurde ein weiteres Bild zerstochen. Ich schlich auf Zehenspitzen zum Arbeitszimmer, um hineinzuspähen. Der Reverend stand mit dem Rücken zu mir, und sprachlos sah ich zu, wie er ein weiteres Bild mit dem Messer zerschnitt. In der Ecke, die Augen geschlossen, als weigerte er sich anzusehen, wie sein letztes Bild kaputtgemacht wurde, hing Rick mit auf dem Rücken gefesselten Händen in einer Schlinge, die von einem Deckenbalken herab um seinen Hals gelegt war. Seine Zehen berührten kaum den Teppich.

„Wo ist sie, du mieser kleiner Schwuler?" rief der Reverend und trat mit wutverzerrtem Gesicht auf Rick zu. Rick öffnete die Augen, blieb aber stumm. Reverend Love hielt ihm das Messer an die Kehle. Eine dünne rote Linie zeigte sich auf der Haut und begann an Ricks Hals herabzutropfen. Er schwieg noch immer.

„Ich bin hier", sagte ich, spannte meinen Revolver und trat in den Raum. Der Reverend wirbelte so schnell herum, daß er fast das Gleichgewicht verlor.

„Lassen Sie das Messer fallen, Reverend", sagte ich. Da lächelte er, und ich fragte mich, warum ich seine vergilbten Zähne noch nie bemerkt hatte. Er verströmte einen seltsamen Gestank. Beim Zerstückeln von Ricks Bildern hatte er sich offensichtlich in Schweiß gearbeitet. Mit nur geringem Schuldgefühl bemerkte ich, daß zwei Finger seiner rechten Hand dick verbunden waren. Er hielt das Messer vorsichtig mit den anderen drei.

„Wo ist das Heft?" Er spuckte jede Silbe einzeln aus.

„Legen Sie das Messer weg, dann können wir darüber reden", sagte ich mit einer Ruhe, die mich selbst überraschte. Ricks Augen waren vor Angst geweitet. Er schien mehr für mich zu fürchten als für sich. Ich trat einen Schritt auf den Reverend zu und zielte mit der Pistole direkt zwischen seine Augen. Langsam legte er das Messer auf den Boden.

„Stoßen Sie es weg", sagte ich. Er nahm ungern Befehle entgegen, bemerkte ich, aber sein Messer war meinem Revolver nicht gewachsen.

„Da", sagte er. „Jetzt geben Sie das Heft, und ich gehe."

Wollte er mich bluffen? Oder wußte er nicht, daß ich die Diskette hatte?

„Zu spät, Reverend. Es ist jetzt beim FBI. Zusammen mit der Diskette. Das FBI weiß alles über Ihre Mordpläne, angefangen von der Autobombe vor der Space Needle in Seattle am ersten Juni beim Besuch des Vizepräsidenten."

Seine Augen wurden schmal, sein Mund klappte auf und zu. Dann lachte er. „Ich weiß nicht, wovon Sie reden."

„Aber sicher wissen Sie das, Reverend. Oder sollte ich Sie Alex nennen?"

Er konnte seine Überraschung nicht verhehlen.

„Richtig. Ich weiß alles über McCall, Idaho, Portland und den Rest." Das entsprach zwar nicht ganz der Wahrheit, war mir aber egal. „All diese falschen Kirchen waren nur ein Vorwand, um Männer für Ihre Miliz zu gewinnen. Und ich weiß auch, warum Sie die Leute am Cedar Ridge erpreßt haben. Sie konnten nicht zulassen, daß sie sahen oder hörten, was Sie da oben auf dem Hügel trieben. Es sind nicht nur Kriegsspiele, die da gespielt werden, nicht wahr? Sie glauben wirklich den Mist in diesen Pamphleten. Und Sie bearbeiten andere, bis sie ihn auch glauben."

Sein Blick wurde immer drohender, während ich sprach, aber ich konnte mich nicht bremsen. „Sie haben kleine Nester von Extremisten über das ganze Land verteilt, die nur auf Ihr Signal warten. Stimmt's, Reverend? Und dann? Wollen Sie uns alle umbringen?"

Seine Augen waren nun so dunkel und schmal geworden, daß sie pupillenlosen, schlangenähnlichen Schlitzen glichen. „Sie können nichts davon beweisen" sagte er mit uncharakteristisch leiser Stimme. Er machte einen Schritt auf mich zu, aber ich hob die Pistole, und er hielt inne.

„Das FBI hat den Hügel bereits umstellt", log ich. „Ihre Männer werden alle festgenommen."

Jetzt lachte er laut. Mehr ein Knurren als ein Lachen, dachte ich. Es machte mir Angst.

„Meine Soldaten sind schon mehr als zehn Stunden weg", sagte er. „Es gibt nicht die geringste Spur unseres Aufenthalts dort. Evakuierung üben wir immer zuerst. Ich bin nur wegen des Hefts gekommen, nun sehe ich, daß es keinen Sinn hat, und werde gleich weg sein."

„Und was ist mit der Diskette?" fragte ich.

„Welche verdammte Diskette?" bellte er. „Ich weiß nichts von einer Diskette!"

Die Art, wie seine Stimme laut geworden war, brachte mich auf den Gedanken, daß er vielleicht die Wahrheit sagte. Aber wie das? „Ich habe sie aus Ihrer Schublade genommen, direkt unter dem Computer. Ich habe den Code geknackt. Nun hat sie das FBI. Der Plan ist geplatzt."

Während ich redete, sah ich, wie er seinen Blick hinter mich richtete. Ich war schon einmal auf diesen Trick hereingefallen. Er wollte, daß ich mich umdrehte, um sich dann auf mich zu werfen. Ich rührte mich nicht.

„Sie hat recht." Die Stimme kam so plötzlich, daß ich vor Schreck zusammenzuckte.

Herman Hugh stand in der Tür, seine Pistole war auf meinen Kopf gerichtet.

„Wovon redet sie denn, verdammt!" brüllte der Reverend. Doch zum erstenmal meinte ich, mehr als irren Haß in seinen Augen zu sehen. Ich sah Angst.

„Sie spricht von dem echten Plan, Alex. Nicht von deinen lächerlichen Kriegsspielen. Hast du wirklich gedacht, daß sich die Bewegung auf einen Haufen stiernackiger Rassisten und Schläger mit Gewehren verläßt?"

„Wie kannst du es wagen, so mit mir zu reden!" Das Gesicht des Reverend war vor Wut fleckig geworden.

„Eigentlich habe ich es satt, überhaupt mit dir zu reden, Alex. Du solltest von unseren Plänen nichts erfahren. Du wirst als Sicherheitsrisiko betrachtet. Aber du hast dich manchmal als nützlich erwiesen. Weiß der Himmel, wann wir ein paar von deinen Rekruten wirklich brauchen. Du hast sie bereitgestellt, das hast du gut gemacht. Leider ist deine Nützlichkeit nun zu Ende." Die Sommersprossen auf Herman Hughs blasser Haut standen hervor wie Hügel auf einer Reliefkarte. Er grinste herablassend.

„Wirf die Pistole weg, Detektivin." Das letzte Wort troff vor Sarkasmus, während er den Lauf seiner Pistole auf Rick richtete. Langsam legte ich den Revolver auf den Boden und kickte ihn weg.

„Du hast alles zunichte gemacht!" bellte der Reverend. Bevor ich wußte, was geschah, stürzte er sich quer durch den Raum auf Herman Hugh.

Der Knall eines Schusses durchschnitt die Luft, Reverend Loves Körper bäumte sich auf und sackte dann zusammen.

„Du hast immer gedacht, ich sei die zweite Geige", sagte Herman und berührte den reglosen Körper des Reverend mit der Fußspitze. „Jetzt weißt du Bescheid."

Ich wußte, das dies meine einzige Chance war, wenn auch keine große. Bevor er seine Pistole auf mich richten konnte, sprang ich ihn an. Ich kriegte ihn an der Hüfte zu fassen, und er fiel mit mir zusammen rückwärts. Ich hörte, wie sein Kopf auf dem Boden aufschlug, doch bevor ich einen Vorteil aus meiner Lage ziehen konnte, klickte bereits der Abzug.

„Du bist tot", sagte er.

„Noch nicht." Ich rollte mich auf die Seite und stieß so kräftig wie möglich mit dem Fuß zu. Ich erwischte sein Kinn mit meiner Ferse. Diesmal klang es mehr wie ein Brechen von dürrem Anmachholz.

Ein Schuß löste sich und prallte an der gegenüberliegenden Wand ab. Ich warf mich auf ihn, schmetterte sein Handgelenk auf den Boden, bis er die Pistole losließ. Ich schob sie zur Seite, aber dabei krachte seine rechte Faust auf meinen Kiefer und schickte mich zu Boden. Er machte einen Satz nach vorn, bevor ich mich wieder aufrappeln konnte, ich fühlte seine scharfen Fingernägel über meine Wange kratzen, und dann blutete ich von der Schläfe bis zum Kinn. Ich ballte meine rechte Hand zur Faust und stieß sie ihm, so fest ich konnte, mit meinem ganzen Gewicht in den Unterleib. Er krümmte sich und schnappte nach Luft.

Bevor er sich wieder fassen konnte, schlug ich wieder zu, diesmal ins Gesicht, seine Nase platzte auf und blutete heftig. Dann stürzte er sich auf mich und nahm Rache. Er schlug mit Armen und Beinen wild um sich und landete einige Treffer. Für die Pistole interessierte er sich jetzt nicht. Er wollte mich mit bloßen Händen umbringen. Er faßte mich am Haar und riß eine Handvoll aus. Ich trat ihn in die Hoden, er krümmte sich wieder und schrie auf wie ein wütender Bulle. Er griff nach meinem Ohrring, riß ihn nach unten und durchschnitt mein Ohrläppchen. Ich fühlte, wie warmes Blut langsam in meinen Nacken tropfte.

Ich zielte auf seine Knie, weil ich wußte, daß sie ihm noch von vorhin weh taten, aber er packte mein Bein und warf mich zu Boden. Rick schrie, ich solle aufstehen, aber ich ließ Herman Hugh herankommen, weil ich etwas kannte, was er nicht wußte – eine der ersten Selbstverteidigungstechniken, die ich gelernt hatte. Wenn er sich über mich beugte, war er in keiner starken Position, ich aber schon. Ich stieß Herman Hugh beide Beine direkt ins Gesicht und warf ihn zurück. Ich ließ eine kräftige Rechte in die Magengrube folgen, und als er sich krümmte, konnte ich endlich zwei gute Schläge gegen die Knie anbringen und einen kräftigen Schlag an sein Kinn, worauf sein Hals zurückschnappte und seine Augen sich weiß verdrehten. Er sackte zusammen wie ein nasser Lappen.

Ich stand über ihm und wartete, daß er aufstand, damit ich ihn wieder niederschlagen konnte. Ich war auf diesen plötzlichen Geschmack an Gewalt nicht stolz, konnte aber nichts dagegen tun. Als ich feststellte, daß Herman Hugh sich entschlossen hatte, noch mal Siesta zu machen, war ich fast ein wenig enttäuscht. Mit zitternden Beinen ging ich zum Reverend hinüber, der in einer dunklen Blutlache lag, und fühlte ihm überflüssigerweise den Puls. Was für eine miese Seele er auch gehabt haben mochte, sie war ins Jenseits geflohen.

In Ricks Augen standen Tränen. Er sah aus wie einer, der seinen Tod bereits akzeptiert hat, dann aber unverhofft begnadigt wird und sich nun in einem anderen, höheren Bewußtseinszustand befindet. Er sah mich an, als verstünde er nicht, was der ganze Wirbel bedeutete. Vorsichtig löste ich die Schlinge um seinen Hals und die Stricke um seine Handgelenke. Wir waren beide nicht imstande zu sprechen.

Mit dem Strick fesselte ich Herman Hughs Handgelenke und ging dann in die Küche, um das Büro des Sheriffs anzurufen. Meine Stimme klang wegen der geschwollenen, aufgeplatzten Lippen ziemlich komisch, aber ich schaffte es, die Information zu vermitteln.

Rick ging ins Badezimmer und kam mit ein paar nassen Lappen zurück, mit denen er mir das Gesicht abwischte, während ich telefonierte. Ich war von der Menge Blut auf den Tüchern überrascht, und als ich auf meinen Arm hinuntersah, bemerkte ich, daß ich wieder ernsthaft zu bluten angefangen hatte. Eigentlich aber fühlte ich keinen Schmerz. Mein Arm war vorübergehend taub geworden.

Ich spürte nur den verheerenden Verlust von Ricks

Kunstwerken wie einen undurchdringbaren Kloß aus Gummi in meiner Kehle.

Wir setzten uns auf die Veranda mit Blick auf den See und hielten uns an den Händen. Er hatte mir ein Bier gebracht, ich trank zierliche kleine Schlucke mit einer Seite des Mundes und hielt es dann wieder gegen mein linkes Auge, das langsam zuschwoll. Ich hatte noch nie so lange bei einer anderen Person gesessen, ohne etwas zu sagen. Es war nie nötig gewesen. Als ich schließlich das orange-rote Boot des Sheriffs um die Spitze der Halbinsel biegen sah, bedauerte ich es plötzlich. Bald würde der zeitlich begrenzte Zustand der Gnade, in dem wir uns befanden, zerstört werden. Es würde Worte geben, Taten und Schmerz.

Rick drückte mir die Hand, als habe er meine Gedanken gelesen.

Hinter Bookers Boot kam ein weiteres Boot und noch eins. Uniformierte Polizisten, darunter Martha, bevölkerten die Anlegestelle. Mit einem tiefen Seufzer stand ich auf, um sie zu begrüßen.

19

Die besten Parties entstehen manchmal völlig aus dem Stegreif. Es waren erst vier Tage vergangen, seit Herman Hugh und ich uns die Gesichter zerfleischt hatten, und irgendwie hatten Martha und Rick es fertiggebracht, ein sonntägliches Treffen in meinem Haus zu organisieren.

Sie meinten, ich könnte ein wenig Aufheiterung vertragen, aber ich fühlte mich, ehrlich gesagt, nicht halb so schlecht, wie ich aussah. Mein Ohr war wieder zusammengenäht und mein Arm mit einem Dutzend Stichen versehen worden, aber die Leute machten sich hauptsächlich wegen der blaugrünen Verfärbung meines Gesichts Sorgen. Vier deutliche Krallenspuren führten von meiner linken Schläfe zum Kinn, die sich trotz ununterbrochener Anwendung von Neosporin entzündet hatten. Und mein linkes Auge hatte ein richtiges altmodisches Veilchen. Abgesehen davon fühlte ich mich prima. Rick war es, der mir Sorgen machte. Soviel ich wußte, hatte er noch nicht einmal angefangen, sich mit dem Verlust seiner Bilder auseinanderzusetzen. Nach außen hin schien es ihm gut zu gehen, aber seine Augen spiegelten eine Traurigkeit, die mich beunruhigte.

Wir waren hinter dem Haus, wo Booker das Hufeisenwurfspiel aufgebaut hatte und Jess Martin hinter einer improvisierten Bar im halbfertigen Gewächshaus stand. Martha und Tina zockten Booker und seine Frau Rosie beim Hufeisenspiel ab, und Rick, der darauf bestanden hatte, das Kochen zu übernehmen, spielte die Rolle der Gastgeberin und schien sie intensiv zu genießen. Sie bedienten mich abwechselnd, und ich würde lügen, wenn ich nicht zugäbe, daß ich dies weidlich ausnutzte.

Maggie bemühte sich am eifrigsten von allen. Immer wieder berührte sie mit besorgter Miene mein Gesicht, und jedesmal machte mein Magen Purzelbäume, und ein warmes Gefühl durchströmte mich. So sehr ich die Gesellschaft der anderen genoß, ich konnte es kaum erwarten, Maggie für mich allein zu haben.

Towne brachte der kleinen Jessie das Dartspielen bei,

und Lizzie Thompson machte es sich zur persönlichen Aufgabe, jedesmal wenn Rick mit einer neuen Vorspeise herumging, Marthas Teller und Glas zu füllen. Tina fing an, Lizzie kalte Blicke zuzuwerfen, aber Martha ließ sich die Aufmerksamkeit gern gefallen. Sie mochte von Tina noch so hingerissen sein, das Flirten lag eben in ihrer Natur – es ihr zu verbieten, wäre, als würde man Panic bitten, keine Mäuse zu fangen.

Apropos: Panic und Gammon belagerten Rick, und ich hatte den Verdacht, daß er sie mit Stückchen dieser wundervollen Pasteten und Lachstörtchen fütterte, die er eben herausgebracht hatte. Entweder war dies der Grund, oder sie spürten mit ihrer sensiblen Katzennatur, daß Rick im Innersten litt.

Als die Türglocke ging, stand ich auf, um zu sehen, wer noch zu diesem Fest eingeladen sein mochte.

Sie stand in der Tür, ihre blauen Augen noch schöner, als ich sie in Erinnerung hatte. Die Sonne Kaliforniens hatte ihre Haut so braun gebrannt, daß sie exotisch aussah, und ihr Lächeln enthüllte die perfekten weißen Zähne, an die ich mich so gut erinnerte.

„Erica", sagte ich, als mein Mund schließlich wieder funktionierte.

„Mein Gott, was ist dir passiert?" Sie streckte die Hand aus und berührte mein Gesicht. Ich stöhnte, nicht vor Schmerz, sondern wegen des Stromstoßes, der mich plötzlich durchzuckte. „Du siehst schrecklich aus", sagte sie und streichelte mich.

Nervös trat ich einen Schritt zurück und versuchte ein Kichern. „Vielen Dank", sagte ich. „Du siehst, hm, wirklich toll aus." Das war nicht gelogen.

„Gefallen dir meine Haare?" fragte sie. Sie drehte sich um, damit ich den neuen Haarschnitt sehen konnte, und ich muß zugeben, daß er mir gefiel. Erica hat Haar, das immer gut aussieht, egal was sie damit anstellt, aber durch die Art, wie es zurückgelegt war, rahmten die fast schwarzen glänzenden Wellen ihr ovales Gesicht ein und betonten ihre auffallend blauen Augen. Während ich vorgab, ihr Haar zu betrachten, war ich mir ihres Körpers intensiv bewußt. Sie trug ein königsblaues ärmelloses Sweatshirt aus weichem, kostbarem Material, das mir Lust machte, ihre Brust zu streicheln. Mein Mund war plötzlich wie ausgetrocknet, und als ich wieder zu ihr aufsah, lachte sie.

„Oh, Cassidy", sagte sie. „Gott, wie habe ich dich vermißt." Sie trat auf mich zu und nahm mich in die Arme. Es ist nur eine freundliche Begrüßung, sagte ich mir und versuchte zu ignorieren, wie sich ihre Brüste an meine preßten. Das Herz hämmerte in meiner Brust, und während mein Mund trocken geworden war, befanden sich andere Teile meines Köpers in gegenteiligem Zustand.

„Hallo." Die Stimme in unserem Rücken erschreckte uns beide, und ich löste mich schuldbewußt von ihr. Maggie stand im Flur und hielt mein und ihr Weinglas in den Händen.

„Oh, Maggie, das ist eine Freundin, Erica Trinidad", sagte ich und fühlte, wie sich Röte über meine geschundenen Wangen ausbreitete. Ich hoffte, das Blau und Grün würde die neue Farbe übertönen, bezweifelte es aber. „Erica, das ist Dr. Maggie Carradine", sagte ich. Warum ich ihren Titel nannte, war mir rätselhaft.

„Eine Ärztin, hm? Cass sieht aus, als könnte sie eine brauchen." Erica blickte von Maggie zu mir und wieder zurück. „Schön, Sie kennenzulernen", fügte sie schließlich hinzu. Ich hätte in dem Moment alles dafür gegeben, im Garten zu sein und mit Martha Hufeisen zu werfen.

„Nun, ich bin Psychologin. Ich würde Ihnen gern die Hand geben, aber..." Maggie hielt entschuldigend die beiden Gläser hoch.

Erica lachte. „Schon gut. Ich finde sowieso, daß das Händeschütteln überbewertet wird. Ich persönlich ziehe Umarmungen vor."

„Das habe ich bemerkt", sagte Maggie. Ihre meergrünen Augen blickten mich durchdringend an, bis ich wegsah. Martha, bitte komm, flehte ich im stillen. Wo bist du, wenn ich dich brauche?

In diesem Augenblick stürmte Martha durch den Hintereingang, wie ein rettender Engel. Im Bruchteil einer Sekunde hatte sie die Situation erfaßt, und ihre Augen wechselten von ironischem Vergnügen zu Mitgefühl, als sie die Pein auf meinem Gesicht las. Sie eilte herbei und rettete auf dankenswerte Weise die Situation.

„Oh, ist das nicht die flüchtige Ms. Trinidad?" sagte sie und zog Erica in eine leichte Umarmung. „Ich dachte schon, Südkalifornien hätte dich verschluckt."

Erica war so anständig, reuig dreinzublicken. „Ich, hm, ich hatte dort soviel zu tun", stammelte sie. Es tat meinem Herzen gut zu sehen, wie sie sich unter Marthas prüfendem Blick wand.

„Ja, so muß es wohl gewesen sein", fuhr Martha lächelnd fort, ohne sich ihre Wut anmerken zu lassen. „Wie lange war es? Neun, zehn Monate?"

„Neun Monate, drei Wochen und vier Tage", sagte Erica und sah mich an. In meinem Inneren schaukelte es heftig, und ich fühlte, wie die Röte wieder mein Gesicht überzog.

„Erica ist eine berühmte Autorin", fügte Martha hinzu und lächelte Maggie an. „Sie hat mit dieser anderen berühmten Frau, einer Regisseurin, einen Film gedreht. Wie war doch ihr Name?"

Ericas Gesicht wurde purpurrot unter der Bräune, aber sie lächelte Martha an, weil sie wußte, daß diese Spitze nicht unfair war. „Sie heißt Marie Jacobson", sagte sie. „Mit ihr zu arbeiten, war eine interessante Erfahrung. Aber ich bin froh, daß es vorbei ist. Das Filmen ist stressig. Außerdem habe ich darüber das Leben verpaßt." Den letzten Satz sagte sie mit betontem Blick auf mich.

„Hm", machte Martha.

Ich war seit Ericas Ankunft mit Stummheit geschlagen, und Maggie sah mich mit einer Mischung aus Belustigung und Besorgnis an. Alle schienen mit der Situation besser zurechtzukommen als ich.

„Erica, komm mit in den Garten", sagte Martha und nahm sie beim Arm. „Ich stelle dich den anderen vor." Ich hatte den Eindruck, daß Martha den Ellbogen ein wenig fester drückte als unbedingt nötig.

„Oh, ich wollte nicht in eine Party hineinplatzen", sagte Erica und klang dabei untypisch verunsichert. „Ich hätte vorher anrufen sollen."

„Ja, das hättest du", hörte ich Martha in Ericas Ohr flüstern. „Vor etwa neun Monaten."

Maggie und ich blieben allein zurück. Die Luft im Flur schien plötzlich drückend. Sie reichte mir mein Weinglas, und ich nickte dankend. Ich hielt es mir ans Gesicht und fühlte das kühle Glas an meiner heißen Haut. Maggies Blick brannte mir in die Augen.

„Wie lange wart ihr ein Paar?" fragte sie und nippte an ihrem Wein. Sie lehnte sich an die Wand, und ich studierte ihr Gesicht. Wenn ich es mir gestatte, könnte ich in diesen Augen ertrinken, dachte ich.

„Nicht sehr lange", sagte ich. „Sie ging nach Los Angeles, und ich habe mich seither ziemlich zum Narren gemacht."

„Du liebst sie immer noch", sagte sie. Das war keine Frage.

„Ich bin extrem wütend auf sie", sagte ich.

„Und du liebst sie", wiederholte sie.

„Sie hat mich wie Dreck behandelt. Das habe ich bisher noch keiner erlaubt." Meine Stimme klang seltsam entfernt.

„Und du liebst sie immer noch."

Ich setzte mein Glas ab und ging zwei Schritte auf Maggie zu. Ich berührte ihre samtweichen Wangen, ihre wundervollen Locken. Ich beugte mich vor, berührte ihre Lippen mit den meinen und drängte sanft, bis sie mit einem kleinen Schauder ihren Mund öffnete und sich küssen ließ. Meine Arme legten sich um ihre Taille, ich ließ mich gehen und zog sie an mich, bis unser Atem keuchend und drängend wurde.

„Cassidy", sagte sie. Ich brauchte eine Weile, bis ich wieder zu Atem kam.

„Ja?" fragte ich und sah in ihre tiefen, wunderbaren Augen.

„Du mußt mir nichts beweisen. Ich weiß, was du für mich empfindest. Meine Frage lautete: Liebst du Erica Trinidad?"

Tränen waren mir in die Augen gestiegen und kullerten nun langsam über meine Wangen und brannten in den Wunden auf meinem Gesicht. Der Schmerz war mir willkommen, ich verdiente ihn und wünschte ihn mir noch schlimmer. Es war die elendigste Silbe, die ich je gemurmelt, das lausigste Geräusch, das ich je gemacht hatte. Aber Maggie blickte mir tief in die Augen und zwang mich, die Wahrheit zu sagen.

„Ja", sagte ich und haßte mich dafür. „Ja", wiederholte ich und ließ die Tränen strömen. „Ja, bei Gott, ich glaube ja." Ich weine selten, und Maggie hielt mich fest, ließ mich ausweinen und schien sich nicht unbehaglich zu fühlen bei meinem unseligen Gefühlsausbruch. Als ich mich schließlich losmachen konnte, standen auch in ihren Augen Tränen.

„Es ist gut", sagte sie und wischte sich die Augen. „Wir werden es durchstehen, so oder so. Nur bleib bitte ehrlich mit mir, ja?" Sie küßte meine Wange und wischte mir etwas Feuchtigkeit vom Gesicht. „Wir bleiben in Verbindung", sagte sie und wandte sich zur Tür.

„Bitte, Maggie", sagte ich unglücklich. „Geh jetzt nicht einfach weg."

„He, Baby." Ihre Stimme klang nicht unfreundlich. „Ich bin vieles, einschließlich wunderbar verständnisvoll und reif." Ein ironisches Lächeln umspielte ihren Mund. „Aber ich war nie gut darin, die zweite Geige zu spielen."

Ihre Anspielung auf Herman Hugh ließ mich das Gesicht verziehen, aber bevor ich etwas sagen konnte, fuhr sie lächelnd fort: „Außerdem weißt du, wo ich zu finden bin."

Sie ging, und ich sah ihr nach, im Hals einen Kloß von der Größe einer Pampelmuse. Sie *soll* nicht die zweite Geige spielen müssen, dachte ich, und meine Tränen verwandelten sich in Wut, als ich beobachtete, wie ihr Boot um die Spitze der Insel verschwand. Dann kam mir ein anderer Gedanke, und ich fing an zu lächeln. Auch ich sollte nicht die zweite Geige spielen müssen. Und da wußte ich plötzlich, daß es weder sie noch ich tun würden.

Ich schnappte meine Bootsschlüssel und rannte, so schnell ich konnte, die Rampe zum Steg hinunter. Meine Sea Swirl war schneller als ihr Mietboot, und wenn ich voll aufdrehte, konnte ich sie einholen, bevor sie wieder am Hafen war.

Offensive Krimis auf einen Blick

Angelika Aliti, Die Sau ruft
ISBN 3-88104-297-0

Nikki Baker, Goodbye für immer
ISBN 3-88104-279-2
Lady in Blau
ISBN 3-88104-256-3
Chicago Blues
ISBN 3-88104-235-0

Rose Beecham, Fair Play
ISBN 3-88104-284-9
Zweimal darfst du raten
ISBN 3-88104-271-7
Ihr Auftritt, Amanda
ISBN 3-88104-248-2

Kate Calloway, Zweite Geige
ISBN 3-88104-299-7
Erster Eindruck
ISBN 3-88104-292-X

Lauren Wright Douglas, Lavendelbucht
ISBN 3-88104-291-1
Die Wut der Mädchen
ISBN 3-88104-263-6
Jahrmarkt des Bösen
ISBN 3-88104-250-4
Herz der Tigerin
ISBN 3-88104-236-9

Lisa Haddock, Finaler Schnitt
ISBN 3-88104-285-7
Falsche Korrektur
ISBN 3-88104-278-4

Karen Saum, Panama Connection
ISBN 3-88104-230-X
Mord ist relativ
ISBN 3-88104-209-1

Kitty Fitzgerald, Die Frau gegenüber
ISBN 3-88104-22-9

Verlag Frauenoffensive

Offensive Krimis auf einen Blick

Ellen Hart, Höflicher Beifall
ISBN 3-88104-298-9
Kleine Opfer
ISBN 3-88104-272-5
Tödliche Medizin
ISBN 3-88104-257-1
Lampenfieber
ISBN 3-88104-243-1
Winterlügen
ISBN 3-88104-237-7
Dünnes Eis
ISBN 3-88104-229-6

Claire McNab, Geheimer Kreis
ISBN 3-88104-290-3
Marquis läßt grüßen
ISBN 3-88104-277-6
Bodyguard
ISBN 3-88104-264-4
Das Ende vom Lied
ISBN 3-88104-242-3
Ausradiert
ISBN 3-88104-217-2
Tod in Australien
ISBN 3-88104-214-8

Penny Mickelbury, Nachtgesänge
ISBN 3-88104-270-9
Schattenliebe
ISBN 3-88104-258-X

Penny Sumner, Kreuzworträtsel
ISBN 3-88104-262-8
April, April
ISBN 3-88104-244-X

Pat Welch, Ein anständiges Begräbnis
3-88104-286-5
Stille Wasser
ISBN 3-88104-249-0
Das Blut des Lammes
ISBN 3-88104-218-0

Verlag Frauenoffensive